새 엄마가 데려온 딸이 전 여친이었다
9권 발매 기념 초판 한정 특전
[NOT FOR SALE]

새 엄마가 데려온 딸이 전 여친이었다
9
프러포즈로 부족해

"방에 안 갈래?"
【유메】
이리도 유메
Yume Irido

히가시라 이사나
Isana Higashira
"앗, 미즈토 씨!"

아소 아이사
Aisa Aso
미나미 아카츠키
Akatsuki Minami
Christmas Party!

새엄마가 데려온 딸이 전 여친이었다 9

프러포즈론 부족해

카미시로 쿄스케 지음
타카야Ki 일러스트
이승원 옮김

목차 Contents

009 제1장 **분명 이 길은 재미있어**

045 제2장 **운명의 상대**

095 제3장 **번뇌 전쟁**

187 제4장 **옛 나날의 마침표**

243 제5장 **비익조가 날아오를 때**

305 종장 **프러포즈론 부족해**

314 **후기**

제1장 분명 이 길은 재미있어

이리도 미즈토 ◆ 행복의 형태

"미즈토 군— 자네는 자기 행복이 어떤 형태인지, 이미 눈치채고 있지 않나?"

나보다 훨씬 어른인 그 사람은, 모든 것을 꿰뚫어 보는 듯이 그렇게 말했다.

"할리우드 영화는 키스로 끝나고, RPG는 결혼식으로 끝나지. 그게 모든 사람이 상상하는 『행복』의 스테레오 타입이야. 하지만 현실에선 행복의 형태가 일정하지 않아. 타인이 고독하다고 말하는 인간이 인생을 구가하기도 하고, 타인에게 재능이 없다고 여겨지는 인간이 현실에 만족하기도 해. —자기 자신이 그것을 눈치채지 못한 채, 옆에 있는 푸른 잔디만을 쳐다보며, 실은 필요하지 않은 것을 추구하는 듯한 희극조차 드물지 않거든."

매끄럽게 흘러나오는 말은 청산유수 같았다.

"자네는 남들 곱절로 총명해. 그러니 지금 나이에 일찌감치 눈치채고 말았어. —자기 행복이, 『가정』의 형태를 하고 있지 않다는 것을…….”

다들, 무심결에, 상상한다.

가족과 함께하는 미래를…….

파트너가 있고, 자식이 있으며, 그들과 한집에 같이 사는— 그런 틀에 박힌 듯한, 미래를 꿈꾼다.

하지만, 그게 정말, 필요할까?

내 인생에서, 정말, 필요한 걸까—.

“중학생이라면, 앞뒤 가리지 않으며 어린애로 있을 수 있지. 대학생이라면 어른답게 행동하는 게 요구돼. 고등학생은 그 틈새— 어린아이면서, 어른이 되어가는, 번데기 같은 상태야. 어디까지나 내 지론이지만 말이지. —그런 성가신 시기에 있는 자네를 동정하고 싶은걸. 자네는 무언가를 결정하기에는 너무나도 젊고, 너무나도 어른스러워—.”

남 일처럼 여긴다, 는 생각이 들었다.

그가 아니다. 내가 말이다.

이 상황에서도, 자기 일이라는 생각이 들지 않았다—.

“자네는 어느 쪽이 될 거지?”

그래도, 선택지는 엄연히 존재했다.

“어린애로 돌아가서, 앞뒤 생각하지 않고 감정에 몸을 맡기며 무모한 선택을 한 후, 마치 RPG에서처럼 결과적으로 좋은 결말을 맞이하기를 바랄지……. 어른이 되어서, 이 순간의 감정을 봉인한 후, 마치 RTA를 하듯이 자기 행복의 형태를 효과적으로 추구할지……."

케이코인 료세이는, 게임 마스터처럼 미소 지었다.

"부디 더 나은 선택을 하길 빌지. 자네 의붓남매의, 옛 아버지로서 말이야."

이리도 미즈토 ◆ 코타츠 안에서의 공방전

교토는 세계적인 관광 도시지만, 여행을 와서 잠시 머무는 것이라면 몰라도 눌러앉아서 오랫동안 살기에 좋은 곳이 아니라는 사실에는 누구나 동의할 것이다.

한여름에는 한증탕 안처럼 덥고, 한겨울에는 냉장고 안처럼 춥다—. 이런 분지(盆地) 특유의 기후에 따른 불편함이 곳곳에 존재하는 사찰과 불당으로 상쇄될 리가 없다. 아니, 사람들은 자기 동네에 있는 관광 명소에 가지 않는 만큼, 메리트가 없는 것이나 다름없다. 킨카쿠지가 어디에 있더라?

12월의 일이다.

단풍철이 끝나면서 동장군이 진심을 드러내기 시작한 현재, 우리 집은 예의 장군에 대항하기 위한 비밀병기를 창고에서 꺼내 전선에 투입했다.

바로 코타츠다.

"추워……."

오랜만에 외출을 하고 귀가한 나는 몸을 떨며 문을 닫았다. 찬바람으로부터는 벗어났지만, 집 안도 얼음장처럼 서늘했다. 햇살이 들어오지 않는 만큼, 어쩌면 실내가 더 추울지도 모른다. ―고베의 온천이 그리워졌다.

나는 코트를 입은 채 거실로 이동했다. 난방을 켜더라도, 방이 따뜻해지는 데는 시간이 걸린다. 그보다 더 손쉽게 몸을 따뜻하게 해주는 물건이, 소파로 둘러싸인 공간에 존재했다.

얼마 전까지 유리로 된 좌식 테이블이 놓여 있던 장소에, 지금은 탁자 아래편 공간을 이불로 덮어서 감싼 코타츠가 놓여 있었다.

나는 코타츠의 이불 안에 발을 집어넣었다. 얼어붙은 발에 온기가 스며들었다. 그렇게 따뜻함을 느끼며 한숨 돌리고 있을 때―.

말캉.

―발끝에서, 부드러운 감촉이 느껴졌다.

"……으음."

잠꼬대 같은 소리가 들려오자, 나는 그제야 눈치챘다.

내 왼편의 이불에서, 낯익은 여자애가 얼굴을 내밀고 있다는 사실을 말이다.

나는 반쯤 반사적으로, 자신의 하반신을 덮고 있는 이불을 걷어 올렸다. 그러자 아련한 오렌지색으로 물든 공간에서, 갓난아기처럼 무릎을 모으고 있는 새하얀 다리가 보였다. 긴 치마가 말려 올라가면서, 매끈한 허벅지까지 훤히 드러나 있었다. 조금만 더 시선을 숙인다면, 팬티까지 보일 것만 같았다.

"으음……."

10초 정도 뚫어지게 쳐다보는 사이, 코타츠 달팽이가 된 이 여자애는 추운 듯이 몸을 꿈틀거리며 무릎을 더 들어 올렸다. 엉덩이마저 보이기 시작하려 하자, 나는 허둥지둥 이불을 내렸다.

코타츠에서 얼굴만 내민 채, 곤히 잠들어 있는 그녀— 유메의 얼굴을, 나는 은근슬쩍 쳐다봤다.

왠지, 데자뷔가 느껴지는 상황이다……. 고베에 가기 전에도, 이런 일이 있었던 것 같았다.

그때는 이사나가 있어서, 별다른 일은 없었다. —하지만 남의 눈길이 없는 상황에서 유메가 이렇게 무방비한 모습을 보이자, 어처구니없는 선택지가 고개를 들고 말았다.

아니, 물론 말도 안 되는 짓이다. 코타츠 안에 있는 하반신을 훔쳐보는 녀석이 가족 중에 있다면, 옛날에 사귀던 사이였고 자시고를 떠나 그대로 가정 붕괴 코스다.

지금은 자제심을 발휘하며, 빨리 자기 방으로 돌아가야 마땅하리라. ……하지만, 코타츠의 유혹을 뿌리치는 게 너무 어려웠다…….

톡톡.

책상다리를 한 내 무릎을, 무언가가 두드렸다.

고개를 돌려보니, 이불 밖으로 얼굴을 내민 유메가 어렴풋이 눈을 뜨고 있었다.

깬 것일까. ……이불을 걷어 올렸을 때가 아니라 다행이다.

유메는 어깨까지 코타츠 안에 집어넣은 채로, 내 얼굴을 뚫어지게 쳐다보더니— 톡톡, 하고 이불 안에서 내 무릎을 발로 살짝 두드렸다.

"……."

"……."

한동안, 아무 말 없이 시선을 교환했다.

유메는 지그시 쳐다보기만 할 뿐, 아무 말도 하지 않았다. 나 또한, 할 말이 없었다.

일단, 나를 코타츠에서 쫓아내려는 기색은 없었다.

나는 입고 있던 코트를 벗은 후, 아까 사온 책을 봉투에서 꺼냈다. 그리고 코타츠 위에서 책을 넘기기 시작했다.

그사이에도 유메는 때때로 내 무릎을 톡톡, 톡톡 두드렸다. 때때로 시선을 보내면서, 기쁜 듯이 입가에 미소를 머금었다.

신경 써주기를 바라는 걸까……?

유메가 바라는 대로 해주기 싫어진 내가 말없이 그녀의 발을 밀어냈을 때, 현관 쪽에서 유니 씨가 모습을 보였다.

"아, 미즈토 군. 어서 오렴~."

그렇게 말한 유니 씨는 이쪽으로 오더니, 코타츠 안에 들어가 있는 유메를 발견했다.

"아~. 유메, 그런 데서 자면 감기 걸릴 거야."

"응……."

유메는 나른한 목소리로 그렇게 대답했지만, 그 후에도 코타츠에서 나오지 않았다.

"정말……."

그리고 유니 씨가 이 자리를 벗어나자, 또 건드리기 시작했다.

호소하는 눈길로 쳐다보기까지 하는데, 대체 뭘 원하는 건지 모르겠다. 하지만 이대로 당하고만 있는 건 성에 차지 않는다.

나는 타이밍을 잰 후, 이불 안으로 손을 재빨리 집어넣어서 유메의 맨발을 움켜쥐었다.

"앗……."

나는 가녀리고 부드러운 유메의 발을 움켜쥔 후, 다른 한 손으로 발바닥을 간지럽혔다.

"으응, 잠깐…… 으으~!"

유메는 목소리를 억누르며 신음을 흘렸지만, 나는 개의치 않으며 계속 간지럽혔다.

—평범한 일상의 한 장면이다.

가족으로서, 당연하게 보내는, 하루하루의 단편.

하지만 그런 미지근한 물 같은 안온함 속에, 심장을 자극하는 무언가가 섞여 있었다.

"하아……."

내가 간지럼을 멈추자, 유메는 얼굴을 살짝 붉힌 채 원망하듯 내 눈을 응시했다.

그리고 갑자기 눈웃음을 흘리더니, 내가 방금까지 간지럽힌 발바닥을 뻗어서 어리광 부리듯 내 무릎에 비볐다.

가족으로서의 안심.

남녀로서의 자극.

상반되는 감정이, 연이어 찾아왔다.

정신이 나가버릴 것만 같다.

내가 나일 수 없을 정도로…….

이리도 유메 ◆ 사상누각 위의 누각

"선배! 선배~♪"

평소보다 한 옥타브 높은 아소 선배의 어리광 섞인 목소리가, 학생회실에 울려 퍼졌다.

"어제 공식 실시간 스트리밍 봤어요~? 진짜 끝내줬지 않아요~?! 업데이트가 기다려져요~♪"

"그래……."

응접용 소파에 앉은 아소 선배가 기대고 있는 사람은, 당연히 호시베 선배다. 호시베 선배는 맞장구를 치면서도, 거북한 듯이 우리 쪽을 힐끔힐끔 쳐다봤다.

"저기저기, 선배! 오늘 밤에도 전화 괜찮아요~? 다음 이벤트까지 시간 좀 있잖아요~. 같이 파밍해요!"

""""…….""""

아양 100퍼센트의 목소리를 들으면서, 나, 아스하인 양, 쿠레나이 회장, 하바 선배는 그저 묵묵히 작업을 했다. 전혀 대화를 나누지 않았기에, 아소 선배의 어리광 보이스에 대항하고 있는 것은 노트북 컴퓨터가 자아내는 키보드 소리뿐이었다.

"하아……."

이윽고 호시베 선배는 한숨을 내쉬더니, 아소 선배를 떼어내며 벌떡 일어섰다.

"어엇~? 선배?"

"미안하다, 쿠레나이. 나, 앞으로는 학생회실에 안 오겠어."

그 갑작스러운 선언을 들은 아소 선배가 화들짝 놀랐다.

"네엣~?! 왜요, 왜요?! 그럼 만나는 시간이 줄잖아요!"

""네가 일을 안 해서야!!""

쿠레나이 회장과 호시베 선배의 목소리가 하모니를 이뤘다.

상사와 연인, 공적과 사적으로 그런 따끔한 지적을 들은 아소 선배는 토라진 것처럼 입술을 삐죽 내밀면서 눈을 획 돌렸다.

"조금쯤은 괜찮잖아요……. 드디어 사귀게 됐으니까……."

"괜찮지 않거든? 이래서야 모범이 못 된다고. ……일을 제대로 끝마친 후라면, 얼마든지 어울려주겠어."

호시베 선배가 가볍게 머리를 두드려주자, 아소 선배는 원망 섞인 눈길로 남친을 올려다보며 「알았어요……」 하고 불만 섞인 목소리로 말했다.

그럼 가볼게, 하고 우리를 향해 말한 호시베 선배는 학생회실에서 나갔다.

아소 선배는 그런 그를 아쉬운 눈길로 쳐다보며 배웅한 후, 풀이 죽은 표정으로 자기 자리에 앉았다.

"하아~. 선배 성분이 부족해……."

"……전부터 너는 우정이나 일보다 연애를 선택하는 타입이라고 생각했지만, 대놓고 그렇게 행동하니 도저히 봐줄 수가 없는걸."

쿠레나이 회장이 그렇게 말하자, 아소 선배는 「에헷」 하며 귀여운 척을 했다.

"미안해☆ 솔로한테는 자극이 너무 강했으려나~?"

"……."

"아얏?! 잠깐만! 스즈링, 아파! 발로 걷어차지 마! 그만해!"

으음~, 우쭐대고 있네.

고베 여행에서 어엿하게 남친을 손에 넣은 후로, 아소 선배는 무지막지하게 우쭐대고 있다. 오랫동안 품어왔던 연심이 드디어 결심을 맺었으니 한동안은 아량을 베풀어주자고 판단했지만, 아무래도 잘못된 판단이었던 것 같다.

회장의 로 킥을 맞고 휘청거리는 아소 선배를, 아스하인 양이 쌍심지를 켜며 쳐다봤다.

"기쁜 건 알지만, 그 여파로 후배인 저희가 피해를 보고 있다는 건 잊지 말아 주세요."

"끄응…… 그건 미안하게 생각해! 하지만 남친이 생기면! 나만이 아니라 다들 이렇게 될걸?! 나만 문제 있는 게 아니란 말이야!"

자료를 가져올게요, 하고 말한 하바 선배가 서둘러 자리에서 일어났다.

아마 걸스 토크가 시작되려는 기척을 감지한 것이리라. 하바 선배는 이럴 때면 미래라도 예측한 것처럼 재빨리 모습을 감추곤 했다.

하바 선배가 옆방의 자료실에 들어가는 모습을 본 후, 쿠레나이 회장은 턱을 괴며 입을 열었다.

"행복한 건 좋지만, 이제 그만 현실을 직시하는 편이 좋지 않을까?"

"시끄러워! 일하면 될 거 아냐!"

"그게 아니라……."

쿠레나이 회장은 그것을— 아소 선배의, 풍만해 보이는 가슴을 손가락으로 슬쩍 가리켰다.

"사귀게 됐으니, 더는 숨겨선 안 된다고 생각하는데 말이지."

"으극……."

아소 선배가 신음을 흘리자, 나는 눈을 껌뻑였다.

"어? ……선배, 아직 말 안 한 거예요?!"

"어이없을 정도로 배짱이 좋네요. 그렇게 찰싹 들러붙어 다니면서 말이에요."

아스하인 양도, 더욱 능숙하게 도끼눈을 뜨며 말했다.

아소 선배의 가슴은, 컵 숫자로 환산하면 약 세 컵 가량의 허영심으로 채워져 있다. 이제까지 교묘한 테크닉으로 그것을 진짜처럼 보이게 했지만, 연인 사이가 됐으니 언젠가는…… 그러니까, 보여주게 되는 날이, 찾아올 테니까……. 이미 커밍아웃했을 거라고 생각했다.

아소 선배가 한껏 몸을 웅크리자, 쿠레나이 회장은 그윽한 눈길을 머금었다.

"호시베 선배는 보기보다 신사지만, 그래도 남자거든. 겨우 손에 넣은 보물이, 실은 잡동사니에 불과하다는 걸 알면 실망하지 않으려나……."

"자, 잡동사니 아니거든?! 적어도 앗키~보다는 크단 말이야!"

이 자리에 없는 아카츠키 양이 대뜸 무시당했다.

"게, 게다가 내 취향의 옷이 큰 가슴에 어울려서 이러는 거지, 딱히 속이려는 건……!"

"그럼 빨리 고백하지 그래? 『그렇고 그런 순간』에 들통나서 쪼그라들어도 나는 몰라."

"안 쪼그라들거든?! 완전 딴딴하거든?!"

그 적나라한 발언을 들은 아스하인 양이 티 나지 않게 허둥댔다.

이 멤버 구성에서만 그런 건 아니지만, 남친 있는 여성이 참가한 걸스 토크에서는 이런 적나라한 음담패설이 섞이기 마련이다. 나도 예전에 남친이 있었지만 거기까지 진도를 빼지 못한 탓에, 이럴 때는 미소를 지으며 얼버무리기나 했다. 잘 알지 못하는 분야에 관한 토론에서는 침묵이 답이다.

"이미 12월이잖아."

쿠레나이 회장은 어처구니없다는 표정으로 말했다.

"크리스마스까지 한 달도 남지 않았어. 설마 연인이 되고 처음 맞이한 크리스마스를, 그렇게 거짓말로 얼버무리며 보낼 생각인 건 아니겠지?"

"하, 하지만, 이제 막 사귀기 시작했으니까~ 바로 털어놓는 건……."

"너는 그 전의 도움닫기에 시간이 너무 걸리잖아. 그리고 결의를 굳힌 호시베 선배는 의외로 육식남이지—. 차려놓은 밥상을 거부할 만큼 상냥하지는 않을걸?"

"히이익……."

아소 선배는 얼굴을 붉히며 몸을 더욱 웅크렸다.

크리스마스인가—. 확실히 일반적인 연인들은 크리스마스

에 그런 일을 한다고 들은 적이 있다.

"하지만, 모르겠단 말이야……! 어떤 식으로 말하면 좋을까~? 『죄송해요. 실은 가슴에 패드 넣었어요』란 말을 어느 타이밍에 하면 되는데……?"

"뭐, 그건……."

쿠레나이 회장도 애매모호하게 대답하며 말끝을 흐렸다. 어마어마하게 어려운 문제였다.

"—조금씩 작게 만드는 건 어떨까요?"

이 어려운 문제의 해답을 내놓은 건, 바로 아스하인 양이었다.

"꼭 솔직하게 고백하지 않더라도, 조금씩 패드를 빼면서 단계적으로 가슴 크기를 줄여나간다면 의외로 눈치 못 챌지도 몰라요."

"헉……! 바로 그거야!"

몸을 웅크리고 있던 아소 선배가, 갑자기 기운을 되찾았다.

"란란은 천재! 어떻게 그런 교묘한 책략이 생각난 거야?!"

"중학생 때 시도해본 적이 있거든요. 너무 괴로워서 관뒀지만요……."

"나는 그럴 걱정은 없겠네! 잠깐만, 좋아할 일이 아니잖아!"

말은 그렇게 했지만, 아소 선배는 환하게 웃었다.

본인은 고민에서 해방된 듯한 표정을 지었지만……. 나는 걱정 어린 심정으로 말했다.

“왠지, 거짓말에 거짓말을 더하는 느낌이 드는데요…….”

“뭐, 설령 들통이 나더라도 호시베 선배라면 나쁘게는 안 하겠지…….”

이제는 선배가 글래머파가 아니길 빌 뿐이다, 하고 쿠레나이 회장은 말했다.

이리도 유메 ◆ 어째선지

아소 선배는 나름대로 고민이 있지만, 지금의 나에게는 그것조차 행복의 일부로 보여서 부러울 따름이다.

올해 안에, 미즈토를 공략한다.

그렇게 결심하기는 했지만, 나는 그 전에 처리해야만 하는 과제가 있다.

친부와의 만남— 그 자리에 미즈토를 참석하게 한다, 라는 과제다.

엄마에게 대신 말을 꺼내달라고 하는 방법도 있지만, 나는 결국 직접 이야기하기로 했다. 도망칠 길을 막는 건 아니지만, 그것을 통해 내 각오를 전할 수 있을 듯한 느낌이 들었다.

마지막으로 아빠와 직접 이야기를 나눈 게, 몇 년 전 일일까……. 딱히 가깝거나 멀지는 않지만, 성이 달라진 지금 이야기를 나누는 건 무슨 의식이라도 치르는 느낌이었다. 게

다가 그 자리에 미즈토도 참석하게 됐으니—.

애초에, 왜 아빠는 미즈토와 만나보려고 하는 것일까?

딸과 동거하는 남자애가 어떤 녀석인지, 신경 쓰이는 걸까. —아빠는 나에게 그다지 흥미가 없다고 생각했는데 말이다.

아무튼, 이 결혼 인사 같은 상황에 내가 직접 미즈토를 끌어들이고 싶었다. 그것을 통해 조금은 나를 의식해줄지도 모르며, 단순히 나에게 들어온 안건이니 내가 말하는 게 옳다는 느낌이 들었다.

하지만— 역시, 결혼 인사 같은 느낌이 들어.

그 탓에 머뭇거린 나는 계속 미루고 있었다…….

—이러면 안 돼. 이건 내 단점이야.

올해가 끝날 때까지 한 달도 남지 않았다. 우물쭈물할 시간은 없다!

말하자. 오늘 말하자. 집에 돌아가면 말하자.

그리고 학생회 업무를 마치고 집에 돌아가 보니, 이미 실내복으로 갈아입은 미즈토가 거실에 있었다.

"저기—."

소파에 앉아서 스마트폰을 보던 미즈토에게 말을 건네자, 그는 고개를 돌리면서…….

"마침 잘됐어."

"응?"

"내일— 토요일 말인데, 낮에 이사나의 집에 가기로 했어. 괜찮지?"

얼굴을 보자마자, 그런 질문을 던진 것이다.

완전히 기선 제압을 당하고 말았다. 히가시라 양의 집에? 왜 갑자기— 그러고 보니 요즘 들어 히가시라 양이 우리 집에 오는 횟수가 줄었다.

두근, 하며 심장이 뛰었다.

"왜…… 나한테, 허락을 구하는 거야?"

그리고 어째선지, 나는 시비를 거는 투로 그런 질문을 던졌다.

시선을 돌린 미즈토는 난처하다는 듯이 고개를 갸웃거리더니…….

"아니…… 그냥……."

그렇게 중얼거린 후, 소파에서 몸을 일으켰다.

서둘러 이 자리를 벗어나는 그의 뒷모습을 보며, 나는 떠올렸다. 말해야 해. 아빠 일을. 빨리 불러세워야—.

거실문이 닫혔다.

결국 목소리를 내지 못한 나는 앞으로 뻗었던 손을 내렸다.

"말 못 했어……."

"으음……."

엉망진창이 된 러프를 본 저는 고개를 갸웃거렸어요.

자기 방에서 태블릿을 켜고 펜을 놀리기 시작한 후로 십여 분이 흘렀어요. 좋은 구도가 생각나지 않고, 떠오르더라도 그리는 법을 모르는 데다, 옷의 주름 같은 건 완전 알쏭달쏭 그 자체라, 뇌에 버그가 생길 것 같아요. 알몸으로 만들면 안 될까요?

고베 여행 때는 술술 그렸는데 말이죠~. 그 후로 자기가 그린 그림이 완전 어설퍼 보인다고나 할까…….

이럴 때는 머릿속으로 생각만 해선 해결되지 않아요. 저는 펜을 내려놓고 스마트폰을 든 후, 전신 거울 앞으로 이동했어요.

일단은 여자애라 방 한편에 둔 이 전신 거울은 요즘 들어 참고 자료용 셀카 촬영에 쓰이고 있어요. 다양한 포즈를 취하며 찰칵찰칵 찍어대고 있으니, 남들이 보면 완전 비밀 계정 여자애 같을 거예요. 엄마와 아빠한테 들키지 않게 조심해야겠어요.

"으음……."

엉덩이도 그리고 싶어요. 찌찌도 그리고 싶어요. 하지만 양쪽 다 그리려고 했다간 등뼈가 박살 날 정도로 몸을 비틀어야 할 거예요. 이거 참 어렵네요…….

등을 보이며 엉덩이를 쑥 내미는 포즈도 취해보고, 몸을 숙이며 가슴골을 보여주는 포즈를 취하는 식으로 머리를 써봤어요.

차라리 화끈하게 에로틱한 구도로 가는 건 어떨까요? 예를 들자면 말이죠……. 바닥에 앉아서 다리를 크게 벌린 후, 가슴을 팔뚝 사이에 끼우는 느낌으로—.

"히가시라—. 문 열려 있잖아. 조심 좀— 해?"

철컥, 하며 방문이 열렸어요.

미즈토 씨가 저를 보더니, 그 자리에서 얼어붙었어요.

"……아."

저도 입을 쩍 벌린 채 굳어버렸어요.

M자로 다리를 벌리고, 스마트폰 카메라를 거울 쪽으로 든 채로요.

그렇게 10초 정도 시간이 멈춘 후…….

"……미안해."

미즈토 씨는 거북한 듯이 그렇게 말하더니, 천천히 문을 닫았어요.

"자…… 잠깐만 기다려주세요! 오해! 오해예요! 자료 수집 중이라고요~!!"

이리도 미즈토 ◆ 미래를 향한 길

나를 이사나의 집에 부른 이는 히가시라 이사나가 아니라, 그녀의 어머니인 나토라 씨였다. 『볼일이 있으니까 와봐, 소년』이라는데, 나를 부른 본인은 잠시 집을 비운 것 같았다.

"하아, 덕분에 말도 안 되는 장면을 목격하고 말았잖아."

"그건 제가 할 말이에요!"

이사나는 얼굴을 새빨갛게 붉히며 고함을 질렀다. 헐렁한 긴소매 셔츠만 걸치고 있었다. 옷자락이 원피스처럼 허벅지까지 가리고 있지만, 그 안에는…….

"너 말이야. 아무리 자기 방이라고 해도, 좀 제대로 입으라고……."

"이, 입었거든요? 팬티는요……."

"속옷은 입은 축에 안 들어가."

그러고 보니 이 애는 영상 통화에 안 비친단 이유로 윗옷만 걸치는 타입이다.

덕분에 똑똑히 보고 말았다……. 아무리 우리 사이라도, 거북해질 때가 있는 법이라고.

"휴일에 만나는 건 오랜만이네."

마음을 추스른 나는 화제를 돌렸다.

요즘 들어서는 이사나가 우리 집에 들르는 일도, 방과 후에 도서실에서 노닥거리는 일도 줄었다. 그럴 만한 엄연한 이유가 있다. 그림을 그리기 위해서다.

고베 여행에서 돌아온 후, 이사나는 일러스트 그리기에 더욱 빠져들었다. 그 바람에 나와 노는 시간이 줄었고, 요즘 들어서는 스마트폰으로만 주로 교류를 하게 됐다.

"그 후로 그린 게 있어?"

"뭐, 일단 이것저것 그리긴 했는데……. 볼래요?"

"봐도 된다면 말이야."

이사나는 책상 위에 놓인 태블릿을 쥐더니, 나에게 내밀었다. 화면에는 이미지 파일의 섬네일이 줄지어 표시되어 있었다.

"이, 이상한 건 보지 마세요!"

"……이상한 게 뭔데?"

"그, 그게…… 아까 찍은 것 같은 사진이 꽤……."

"……."

정말 조심해야겠다.

나는 태블릿을 든 후, 바닥에 책상다리를 하고 앉았다. 이사나는 일단 침대에 걸터앉았지만, 퍼뜩 뭔가를 눈치챈 듯한 반응을 보인 그녀는 바닥에 엉덩이를 대며 여자애 특유의 자세로 앉았다. 그 높이에서는 나한테 팬티가 보일 거라고 생각했으리라. 그런 건 걸터앉기 전에 눈치채라고.

나는 일러스트 파일을 훑어봤다. 일러스트라고는 해도 대부분 러프와 스케치였으며, 그중에는 사람의 윤곽만 대충 그린 것 — 아마 『지침(指針)』이라는 것이리라 — 도 있었다. 선화까지 그린 것도 몇 장 있었지만, 색칠까지 한 건 한 장도 없었다.

"완성된 게 한 장도 없잖아."

"맞아요~. 왠지 확 와닿지 않아서……."

슬럼프라는 걸까……? 얼마 전에는 그렇게 대단한 그림을 그렸으면서…….

"고베에서 돌아오는 길에 그렸던 러프는 어쨌어?"

"아! 그거라면 완성했어요! 다른 폴더에 들어 있어요."

잠시 줘봐요, 하며 손을 내민 이사나에게 태블릿을 돌려줬다. 내가 함부로 조작하면 진짜로 큰일이 나는 것 같았다.

"이거예요, 이거."

그렇게 말한 이사나는 무릎걸음으로 다가오더니, 내 옆에 앉았다.

그리고 그녀가 옆에서 내민 태블릿 화면에, 내 시선은 완전히 빨려들고 말았다.

애절한 눈물을 흘리며 웃고 있는, 여자애 그림—.

표현력이 빈곤한 내 머릿속에서는 그런 표현밖에 나오지 않았다. 하지만 그 일러스트에서는 정서가 풍겨 나오고 있는 것만 같았다. 대사와 설명문이 없지만, 세밀한 동작과 머리카락 끝의 묘사, 그리고 색상 하나하나에서 농후한 스토리가 풍겨 나오고 있었다.

SNS에서 화제가 되는 일러스트와 비교해도, 전혀 손색이 없어 보였다.

물론 평소에 접하는 프로의 일러스트에 비하면 모자란 구석이 있으며, 특히 색칠 면에서는 자신이 표현하고 싶은 수준에 기술이 뒤따르지 못하는 인상이 있지만…….

"러프 때가 더 나았던 것 같아요……. 뭐, 자주 있는 일이지만요."

"아니, 그래도 이건 잘 그렸어. 전에 보여줬던 것과는 차원이 달라."

"그, 그런가요? 우헤헤……."

적절한 말이 생각나지 않아서 애가 타는걸. 단순히 잘 그린 수준이 아니다. 단순히 연습을 통해 익힌 기술과는 다른,『센스』라 불리는 것이 풍겨 나오는 일러스트다.

풋내기인 나조차도 보자마자 그런 느낌을 받은 것을 보면, 이사나는 대중에게 인기를 얻을 수 있는 재능을 지닌 게 틀림없다. 남은 것은 그림을 꾸준히 그리며 기술만 익힌다면……. 아니다. 본인은 납득하지 못한 것 같지만, 이 일러스트로도 세간에서 충분히 좋은 평가를 얻을 수 있지 않을까?

"이 일러스트의 평판은 어땠어?"

"네?"

이사나는 어리둥절하다는 듯이 고개를 갸웃거렸다.

저 반응은 뭐지?

"아니, 그러니까 평판……."

"뭐, 나쁘지 않다…… 정도 아닐까요? 미즈토 씨도 칭찬해줄 정도니까요……."

"뭐?"

"어?"

나는 의아하다는 듯이 미간을 찌푸렸다.

설마…….

"……그러고 보니, 너는 일러스트를 어떻게 발표해? 트위터에 올리는 거야?"

"네? 발표 안 하는데요?"

"……."

그 설마가 맞았다.

"한번 올려볼까~ 하고 생각하기는 했지만, 결국 안 올렸어요……. 그러니 미즈토 씨 말고는 아무한테도 보여주지 않았어요."

그런데도 이렇게 많은 그림을 그린 건가? 이것도 재능이라면 재능이려나…….

하지만, 이제 알았다.

"너, 그래서는 그림을 완성 못 시킬걸?"

"어…… 그게 무슨 말이에요?"

"즉, 목표가 없는 거야. 목표가 없으니 도중에 관둬도 실패했다고 할 수 없어. 마라톤에서는 도중에 관두고 돌아가면 실격이지만, 조깅은 도중에 관둬도 화내는 사람이 없잖아. 그것과 마찬가지야. 실패한 게 아니니까— 리스크가 없으니까, 간단히 도중에 관두고 말아."

"오, 오오…… 아하…… 귀가 따갑네요……."

이사나는 양손으로 두 귀를 막았다. 나는 그녀의 한쪽 손을 잡아당겨서 귀에서 치운 후…….

"이, 일러스트, 인터넷에 올려."

"네엣?!"

이사나는 화들짝 놀랐다.

"마, 말도 안 되는 소리 하지 마세요! 저는 재미있는 잡담 트윗 같은 것도 못 하고, 맛있어 보이는 디저트 사진 같은 것도 못 찍거든요?!"

"그딴 건 필요 없어. 일러스트만이면 돼. 일러스트만 올리는 SNS도 있잖아. 그래도 정 불안하다면, 운영은 내가 하겠어. 나도 네가 괜한 소리를 해서 남들 입방아에 오르는 건 싫거든."

"미, 미즈토 씨는 왜 그렇게까지……. 월급은 못 주거든요?"

"그건……."

잠시 머뭇거렸지만, 지금은 부끄러워할 때가 아니었다.

이 순간, 히가시라 이사나란 재능의 운명은 내가 거머쥐고 있을 테니까…….

"—네 재능에 반해서야."

"에엥?"

얼이 나간 이사나를 똑바로 바라보며, 나는 단언했다.

"이사나, 너한테는 재능이 있어. 그것도 엄청난 재능이야. 어찌 된 건지, 그걸 누구보다 빨리 눈치챈 사람은 바로 나야. 그러니, 나에게는 사명이 있어. 네 재능을 올바르게 길러서, 세간에 전한다는 사명이지. 나는 이 사명에 인생 전부를 걸어도 괜찮다고 생각—."

"자, 잠깐만요! 스톱! 스톱이에요!"

이사나는 얼굴을 새빨갛게 붉히면서 내 어깨를 밀어냈기에, 나는 말을 멈췄다.

"왜 그래?"

"너, 너무 추켜세우지 마세요……. 마음은 기쁘지만, 저한테는 재능 같은 거창한 건……."

"아니, 있어. 네가 자각하지 못했다면, 내가 몇 번이든 말해주겠어. 히가시라 이사나— 너는 분명, 천재야."

"으으……."

고개를 숙인 이사나는 신음을 흘리면서 앞머리를 만지작거렸다. 멋쩍어할 때의 행동이다. 실은 나도 꽤 부끄럽지만, 나까지 부끄러워했다간 죽도 밥도 안 된다.

나는 이사나의 얼굴을 똑바로 바라봤다. 이사나는 좌우로 도망치듯 시선을 돌렸다. 나는 그런 그녀를 놓치지 않겠다는 듯이, 한시도 시선을 떼지 않았다.

"아, 알았어요……."

이윽고, 이사나는 체념한 투로 말했다.

"미즈토 씨가 전부 해준다면야……. 저도, 흥미가 있긴 하니까요……."

"좋아. 그럼 다음에 그릴 작품을 바로 정하자."

"다음?"

"이 그림 한 장으로 일러스트레이터 인생을 끝낼 거야? 꾸준히 그려야 능숙해질 거라고. 너도 아쉬움을 느끼고 있지 않아? 『이런 식으로 하고 싶은데』 하고 생각하면서도, 어떻게 하면 좋을지 모르겠다. ―네 그림에서는 그런 느낌이 풍겨 나와."

"미즈토 씨는 초능력자예요……?"

평범한 독서가다. 독해력에는 자신이 있다.

나는 태블릿을 든 후, 아까 보여준 러프 일러스트를 하나하나 물색했다.

"……이게 좋겠어. 이 러프를 완성시키자."

"이것 말인가요?"

"대충 그리지 마. 전력을 다해, 머리를 쥐어짜 내서 네가 이상적으로 생각하는 수준에 다가서는 거야. ……단, 마감은 일주일 후야."

"네엣~?! 마감이 있어요?!"

"안 그러면 너는 완성 못 시킬 거잖아."

이사나는 입술을 삐죽 내밀더니, 내가 지정한 러프를 쳐다봤다.

"이거구나……."

"마음에 안 드는 거야?"

"그야, 야한 게 아니잖아요."

"미성년자가 에로 일러스트를 그려서 인터넷에 올릴 수는 없잖아……."

취미 삼아 개인적으로 그린다면 모르지만 말이다.

"그럼, 이렇게 하자."

"네?"

"확실히 이 러프는 야하지 않아. 캐릭터는 옷을 입었고, 장면도 자극은 없지. ……그러니 전혀 에로틱하지 않은 이 러프를, 에로틱하게 보이도록 완성하는 건 어때? 그러면 법에도 저촉 안 될 거고, 머리를 쓰는 보람도 있을 거야."

"……호오?"

이사나의 눈빛이 달라졌다.

이것은 체험담이 아니지만, 사람은 성적인 것에 있어서는 의욕이 무한대가 되는 경향이 있다. 실제로 에로 계열 일러스트레이터와 만화가 중에는 실력이 어마어마한 사람이 많다. 이사나는 평소에 라이트노벨의 야한 일러스트를 10분 이상 들여다보는 애니까, 거기서 활용할 수 있는 부분도 있을 것이다.

"의욕이 나기 시작했어요, 미즈토 씨! 음란함이란 것은 은근슬쩍 풍겨야 심오한 정취가 있는 법이니까요! 젖꼭지가 그려진 동인 작품보다, 젖꼭지가 안 그려진 공식 쪽의 다키마쿠라에 더 흥분되는 것처럼요!"

"그것과는 전혀 다르다고 생각하는데 말이지."

그래도 의욕이 난 것 같으니, 잔소리는 적당히 해야겠다.

예상조차 하지 못했던 사태지만, 나 또한 이상하게도 의욕이 샘솟았다. 이 정도로 뭔가를『해보자』고 생각한 건 태어나서 처음일지도 모른다. 일부러 의식한 것이 아닌데도, 히가시라 이사나의 기념비적인 첫 공개 작품인 이 실연 일러스트에 붙일 제목이 머릿속에서 샘솟았다.

"……그런데, 미즈토 씨."

그런 나를, 이사나가 머뭇거림이 섞인 눈길로 올려다보며 입을 열었다.

"마감을 지킨다면…… 저기, 상 같은 걸…… 줄 거예요?"

……진짜 속물이라니깐. 너를 위해 마감을 정한 건데 말이야.

나는 작게 웃은 후…….

"알았어. 적당한 걸 생각해둬."

"만세~!"

이사나는 어린애처럼 앉은 채 껑충 뛰었다. 그리고「우오옷?!」하며 당황하더니, 풍만한 가슴을 양손으로 감쌌다. 너무 격하게 흔들린 탓에 아픈 것 같았다. 바보냐.

이제 결정이 됐으니, 빨리 SNS 계정을 만들자. 우선 무료 전자 메일을 만들어서—.

"펜네임은 뭐로 할까?"

"아, 맞아요. 뭐가 좋을까요……. 외우기 쉬운 게 좋겠죠?"

"너무 단순해서 검색으로 찾기 힘든 것도 문제지만 말이야."

드물게 있긴 해. 보통 명사를 자기 펜네임으로 삼아서 검색으로 찾기 힘든 일러스트레이터 말이지.

그런 이야기를 나누고 있을 때…….

"이사나~."

그런 목소리가 들리더니, 누군가가 방문을 함부로 열어젖혔다.

그러면서 모습을 드러낸 이는 키가 큰 여성— 이사나의 어머니인 나토라 씨였다.

"아. 벌써 왔구나."

"안녕하세요."

그러고 보니, 나는 이 사람이 불러서 이 집에 왔다.

"볼일이 있어서 저를 부른 거죠?"

"그래. 보아하니 이사나의 요즘 상태도 알고 있나 보네."

"이사나의 요즘 상태?"

나는 옆을 쳐다봤다.

커다란 셔츠 한 장만 걸쳤을 뿐인, 이 무방비하기 그지없는 모습을 말하는 걸까?

"재, 요즘 그림 그리기에 빠져 있거든?"

아, 그쪽인가…….

"방에 틀어박혀 있는 건 예전과 마찬가지지만, 요즘에 더 심해졌어. 심할 때는 밥도 거를 정도라고."

"……그림을 관두게 설득하라는 거라면, 사양하겠어요."

"그딴 거 아니니까 경계하지 말라고~. 나는 근시안적으로 자식을 공부만 시키려고 드는 부모가 아냐. 그딴 쪼잔한 소리 할 생각 없어."

그럼 뭘까.

"뭔가에 빠지는 건 좋아. 요즘 세상은 공부 열심히 해서 좋은 회사에 들어간다고 장래가 안정적이진 않고, 나도 학창 시절에는 멋대로 살았거든. ……하지만, 지금 학교에 다니는 데 돈이 많이 드는 것도 사실이지."

확실히 우리 학교는 사립이다. 나와 유메는 특기생이라 학비가 면제되지만…….

"미즈토 군. 이사나의 중간고사 성적은 아냐?"

이사나가 갑자기 몸을 웅크리더니, 내 등 뒤에 숨었다.

나는 그런 그녀를 돌아보며 말했다.

"……그러고 보니 몰라요."

"그거 다행인걸. 완전 참담 그 자체거든."

어깨를 움츠린 이사나가 으으, 하고 신음을 흘렸다.

“그림 그리기에 빠지는 건 좋지만, 낙제나 유급을 한다면 이야기가 달라져. 괜한 돈이 들잖아. 그러니 미즈토 군, 너를 이사나의 가정교사로 임명한다.”

“네?”

이 사람, 방금 물어본 게 아니라 아예 확정 지었어.

“조금이지만 아르바이트비도 주지. 부족하면 이사나가 몸으로 때워.”

“이 사람, 자기 딸을 팔았어요! 모친이란 사람이 그런 소리를 하면 되냐고요!”

“시끄러워. 인간 수준의 성적을 낸 후에 인권을 주장하라고.”

논파 당한 이사나는 고개를 푹 숙였다. 확실히 모친이란 사람이 할 소리가 아니기는 했다.

가정교사라……. 확실히 이사나는 요즘 공부에 힘쓰고 있지 않기는 한데— 그렇게 되면, 나는 정기적으로 이 집에 드나들게 된다.

—왜 나한테 이런 제안을 하는 거지?

“어때? 내가 생각해도 완벽한 아이디어라고 생각하는데 말이지.”

그렇게 말한 나토라 씨는 내 마음을 꿰뚫어 본 것처럼 웃었다.

이 사람은 내가 이사나를 프로듀스하리라는 것을 내다보

고 있었던 걸까? 내가 가정교사를 맡게 되면, 이사나가 그림과 공부를 양립할 수 있도록 효율적으로 매니지먼트를 해 줄 수 있다. —확실히, 더할 나위 없는 아이디어다.

마치, 퇴로를 차단당한 느낌이다.

나에게는 처음부터 선택지가 없었던 것이다.

"……알았어요. 적어도 기말 때까지는 공부를 봐주겠어요."

"좋았어. 지금은 돈이 없거든. 이사나, 네가 몸으로 아르바이트비를 내라고."

"히이익……! 처녀 상실의 위기~!"

"됐어."

좀 즐거운 투로 말하지 마. 이 모녀에게는 품위라는 것이 없는 걸까?

이리도 유메 ◆ 퇴로

"뭐……?"

히가시라 양의 집에서 돌아온 미즈토의 보고를 들은 순간, 나는 얼어붙고 말았다.

"그러니까, 가정교사를 맡게 됐어. 나토라 씨— 이사나의 어머니가 부탁했거든. 적어도 기말고사가 끝날 때까지는 거의 매일, 이사나의 집에 가게 됐어."

거의, 매일?

히가시라 양의 집에?

가정교사?

단둘이?!

"나토라 씨는 진짜 억지스럽다니깐. 같은 어머니라도 유니 씨와는 하늘과 땅 차이야. 『아르바이트비가 부족하면 이사나가 몸으로 해결해』 같은 소리도 하지 뭐야—."

"몸으로?!"

"……혹시나 해서 말해두겠는데, 그건 거절했거든?"

미즈토가 차가운 눈길로 나를 쳐다봤다. 그, 그래. 당연히 그랬을 거야.

아니, 그래도, 잠깐만.

아무리 농담이라도 그런 말을 한다는 건, 히가시라 양의 어머니에게 인정을 받았다는 거잖아?

애초에 소중한 딸에게 같은 또래 남자애를 가정교사로 붙인다는 건, 그만큼 신뢰하고 있다는 의미 아냐? 둘이 그렇고 그런 사이가 되더라도 괜찮다고 여기는 거네? 가족으로서 맞이할 마음이 넘쳐난다는 거야? 그것보다 나토라 씨?! 히가시라 양의 어머니와 그렇게 친했어?! 가족과도 친분을 쌓은 거야?!

머릿속이 터질 것만 같다.

애초에 학교에서는 미즈토와 히가시라 양이 사귄다고 여겨지고 있다. 하지만 가족도 그렇게 여긴다는 건…….

"귀가가 늦어질 때도 있을 것 같으니까, 말을 해둬야겠다 싶었거든. 그럼 나는 조사할 게 있으니까—."

"—기, 기다려!"

미즈토가 뒤돌아서려 하자, 나는 허둥지둥 그의 팔을 움켜잡았다.

미즈토가 의아한 표정으로 내 얼굴을 쳐다봤다.

이제 더는 물러날 수 없다.

히가시라 양이 어머니를 동원했다면, 나는—.

"실은…… 너한테, 부탁할 일이, 있어."

양보하고 싶지 않다.

설령, 미즈토와 히가시라 양에게, 그럴 생각이 없을지라도…….

나는— 내가 있을 장소는—.

"—우리 아빠를, 만나주지 않을래?"

제2장 운명의 상대

카와나미 코구레 ◆ 가장 행복해질 수 있는 사람

"가족 간의 교류라는 건 의외로 성가시네."

아카츠키는 내 무릎 위에서 게임을 하며 말했다.

"부모님은 걸어 다니는 앨범 같은 거잖아. 본인이 알려지고 싶지 않은 일까지 전부 늘어놓는다니깐."

내 품속에 쏙 들어와 있는 아카츠키의 아담한 체구는 목욕 직후라 그런지 온기를 머금고 있었다. 확 추워진 이 시기에 안성맞춤인 난방 도구지만, 잠옷 앞섶 사이로 보이는 가슴 언저리가 눈에 너무 나빴다.

"응~."

나는 얼버무리듯 맞장구를 쳤다.

"확 와닿지는 않지만, 나한테는……. 걸어 다니는 앨범이 아니라, 걸어 다니는 흑역사 같은 애가 있긴 해."

"누가 흑역사란 거야!"

아카츠키는 항의하면서 자기 뒤통수를 내 턱에 마구 비벼댔다. 그 바람에 콧속으로 스며드는 샴푸 향기로부터 도망치면서, 나는 말했다.

"왜 갑자기 이런 이야기를 하는 건데?"

"응~? 아, 친구 중에 말이야. 남친을 부모님한테 소개했단 애가 있거든."

"우와, 부담 그 자체……."

"딱 잘라서 말하지 마! 나도 그렇게 생각하긴 하거든?!"

"만약 헤어지고 새 남친을 만들면, 그때는 어쩔 거냐고. 또 소개할 거야?"

"『전의 그 애보다 상냥해 보이네』 같은 말을 들을지도 몰라."

"끄억~! 최악이잖아……."

상상만 해도 무시무시하다고. 남친은 그런 말을 듣고 대체 어떤 표정을 지으면 되는데?

아카츠키는 내 얼굴을 돌아봤다.

"그렇게 생각하면 우리는 다행이네. 부모님한테 말 안 해도 되잖아."

"그것만은 칭찬해주고 싶은걸. 당시의 우리를 말이야."

"동감~!"

우리는 웃었다. 그 바람에 요즘에도 『너, 아직도 아카츠키 양과 안 사귀는 거니?』란 말을 듣는 게 문제지만 말이다.

아카츠키는 내 가슴팍에 기대며 말했다.

"뭐, 사귈 때는 언젠가 헤어질 때가 오리라는 걸 모르긴 해."

"……그걸 안다면, 처음부터 안 사귈 거야."

"그것도 그러네~. 이 세상 모든 커플이 결혼한다면 좋을 텐데 말이야……."

"결혼하더라도 이혼할지도 몰라."

"세상 참 살기 어렵네~."

남녀관계만이 유일하고 영원한 것이라 여겨진 건, 이제 와선 머나먼 옛날이야기다.

요즘에는 인생을 충족시킬 방법이 얼마든지 있다. 헌신하고 싶은 이를 원한다면 최애를 만들면 되고, 누군가에게 인정받고 싶다면 스트리머라도 되면 된다.

결혼은 인생의 필수 이벤트가 아니며, 연애는 일부 인간의 취미에 지나지 않게 됐다.

게임을 하는 것과 마찬가지로, 죽을 때까지의 심심풀이—.

"—그런데도 상대방을 믿을 수 있는 사람이야말로, 가장 행복해질지도 몰라."

유일하지도 않고, 영원하지도 않다.

그것을 알면서도— 믿을 수 있는, 누군가.

"……너, 한 번씩 뭘 좀 아는 것처럼 떠들더라."

"그러는 넌 너무 모르는 척해."

심술궂은 미소를 머금은 아카츠키가 엉덩이를 내 허벅지 안쪽으로 미끄러뜨렸다. 큰일 났다. 그렇게 밀착시켰다간—.

"처음부터 들통났었거든? 변태~."

"……."

내가 말없이 시선을 돌리자, 아카츠키는 그런 내 시선을 놓치지 않겠다는 듯이 고개를 돌리더니…….

"(가족에게 말 못 할 짓, 할래……?)"

고혹적으로, 그렇게 속삭였다.

대답은 정해져 있다.

"안 해……."

"너무 참는 건 안 좋거든? 코~♥"

"인마, 확 찌찌를 주물러버린다!"

"오~! 내 찌찌 키워주려는 거야? 고마워~♪"

부담스러운 여자와 함부로 사귀어서는 안 된다.

그것만은 틀림없다.

이리도 미즈토 ◆ 무형의 창작자

이사나의 가정교사를 맡고 일주일이 흘렀을 무렵, 나는 이사나와 함께 어느 예대의 캠퍼스를 찾았다.

"공부 싫어~!"

이사나가 폭발한 것이다.

SNS에 올린 그 실연 일러스트의 평판은 매우 좋았다. 첫 투고인 점을 고려하면 지나치게 좋았다고 해도 과언이 아니다. 기분이 좋아진 이사나는 내가 설정한 마감을 지키며 두 번째 작품을 완성했고, 뒤처진 학업 또한 조금씩 만회하고 있었다.

하지만, 그런 의욕은 오랫동안 이어지지 않는 것 같았다.

"숨이 막힐 것 같아요! 관리되고 있는 하루하루! 그림 그리고 싶어요, 라이트노벨 읽고 싶어요, 게임하고 싶어요, 낮잠 자고 싶어요, 밤샘하고 싶어요~!!"

욕망의 화신인 히가시라 이사나에게, 규칙적인 생활은 오히려 독인 것 같았다.

그런고로 그녀에게 기분 전환을 시켜줄 겸, 오늘은 대학교에서 열린 어느 게임 크리에이터의 강연회를 들으러 왔다.

"저, 이런 곳에 처음 와봐요. 미즈토 씨는요?"

"나도 사인회에는 안 가는 타입이거든. 그래도 가끔은 괜찮지 않겠어?"

"네! 교과서를 읽는 것보다 훨씬 공부하는 느낌이 들어요!"

우연히 인터넷을 통해 개최 정보를 알게 된 강연회지만, 등단하는 이가 이사나도 플레이하고 있는 게임의 프로듀서이기에 가보기로 했다.

일러스트레이터와는 분야가 다르지만, 업계의 프로가 하는 이야기는 좋은 자극이 될 것이다. 이때 의욕을 보급해서 창작과 공부에 더 힘을 쏟아준다면, 내 일도 편해질 것이다. 얘는 정말 손이 많이 간다니깐.

입구 근처에서 캠퍼스 지도를 본 후, 행사장인 강의실로 향했다.

대학교 안에 들어와 보는 건 두 번째지만, 정말 불가사의한 공간이다. 뭐랄까, 고등학교에 비해 사람이 생활하는 느낌이 감돈다. 고등학교가 어른에게 철저하게 제어되는 공간인 데 비해, 대학교는 학생의 개성이 형태 짓는 공간이란 느낌이 들었다.

예대라는 점도 영향을 끼치는 것일까. 곳곳에 학생이 그린 듯한 그림이나 뭔 만든 건지 알 수 없는 오브제가 놓여 있어서, 마치 문화제 준비 기간 같았다.

"우와~."

이런 캠퍼스의 혼돈을, 이사나는 흥미로운 듯이 둘러보고 있었다. 그녀가 진학한다면, 평범한 대학교보다 이런 대학교가 맞을 것이다. 아직 2년 이상 나중의 일이지만, 그때는 분명 나와 다른 진로를 선택하리라.

내 진로는, 잠정적으로 교토 대학이다.

우리 학교에서 전교 2등이라면, 당연하다고 해도 과언이 아닌 진로다. 아마 진학한다면, 합격할 것이다. 그럴 자신이라면 있다. 하지만 학부는 아직 정하지 않았다. 그냥 문학부로 진학할 생각을 하고 있지만, 그것도 독서를 좋아한다는 이유에서일 뿐이다.

이사나가 진로를 결정했을 때, 나 또한 애매모호한 자신의 미래를 결정지어야만 할 것이다…….

"여기구나."

목적지인 강의실에 도착했다.

뒷문으로 안에 들어가 보니, 칠판이 있는 앞쪽을 향해 계단식으로 낮아지는 좌석에 청강자들이 드문드문 앉아 있었다. 익숙하지 않은 캠퍼스에서 길을 헤매는 것을 고려해 일찌감치 오기 잘한 것 같았다. 가장 뒷좌석이 비어 있었기에, 이사나와 나란히 앉았다.

호오~ 하고 얼빠진 소리를 내면서, 이사나는 천장을 올려다보았다.

"미즈토 씨. 천장에 모니터가 달려 있어요."

"응. 뒤편에서도 칠판이 보이도록 그렇게 해둔 거 아닐까? 아니면 슬라이드를 비추거나 말이야."

"오오~. 하긴, 고등학교 교실보다 훨씬 넓으니까요."

이 넓이의 강의실이면 아마 세자릿수 학생을 수용할 수 있을 것이다. 방 넓이만 봐도 고등학교와는 자릿수가 달랐다.

한동안 기다리자, 강의실의 빈자리가 서서히 메워졌다.

최종적으로는 약 8할가량의 자리가 사람들로 채워졌다. 청강자의 연령대는 다양했다. 대학생으로 보이는 젊은이가 많지만, 그중에는 50대 이상으로 보이는 아저씨도 있었다. 거꾸로 중학생으로 보이는 어린애도 있었다. 대학생 사이에 고등학생이 섞여 있으면 튈지도 모른다고 생각했지만, 기우였던 것 같았다.

이윽고 강연회 개시 시각 직전이 되자, 앞문을 통해 대학교 스태프로 보이는 여성에게 안내를 받으면서 양복 차림의 남성이 들어왔다.

양복 차림이기는 해도 넥타이는 매지 않았으며, 회사원이라기보다 젊은 실업가 같은 분위기를 지녔다. 나이는 40대 정도로 보였다. 멋 삼아서 턱에 수염을 약간 남겨뒀다. 인터뷰 기사에 제스처를 취하고 있는 사진이 실릴 듯한 인상의 사람이었다.

처음 보는 게 분명하지만, 나는 뭔가가 마음에 걸리는 듯한 느낌이 들었다.

"……이사나."

"네?"

"저 사람, 어디서 본 적 있지 않아?"

"네? 인터뷰 기사 같은 걸 본 거 아니에요? 대담이나 인터뷰 같은 거라면 저도 본 적 있어요."

"그런 게 아니라……."

어딘가에서, 만난 적이 있는 듯한 느낌이 드는데…….

실업가 같은 인상인 그 남성은 시간이 되자, 교탁의 마이크를 손에 쥐었다.

"안녕하세요, 여러분. 이렇게 와주셔서 영광입니다. 저는 케이코인 료세이라고 합니다."

참고로 본인 맞습니다, 라는 말을 덧붙여서 청강자들이 웃도록 유도했다. 사칭 피해라도 입은 적이 있는 것일까.

“자주 오해를 받습니다만, 제 이름은 『스즈나리』가 아니라 『료세이』라고 읽습니다. 여러분도 자식이 생기면, 읽기 쉬운 이름을 붙여주세요.”

가벼운 말투로 분위기를 누그러뜨린 후, 게임 크리에이터 케이코인 료세이의 강연회는 시작됐다.

그의 경력은 그야말로 성공한 자 그 자체였다. 대학교 졸업 직후에 당시 여명기였던 소셜 게임의 벤처 회사를 차렸고, 내놓은 게임이 대히트를 쳤다. 디렉터 겸 프로듀서 겸 대표이사로서 회사를 키운 후, 그것을 후진에게 맡기고 독립— 현재는 소수 정예의 동료들과 함께 인디 게임을 만들고 있다고 한다.

……소셜 게임인가.

나는 그 말을 듣고, 유메의 이야기를 떠올렸다.

유메의 아버지는 어떤 분야의 크리에이터라고 한다. 어떤 분야, 라고 말한 것은 예전에 그녀가 살던 집에는 아버지가 만든 것이 단 하나도 없었기 때문이라고 한다.

그녀의 아버지가 만든 것이 소셜 게임이라면, 집에 성과물이 없는 것도 이상한 일이 아니겠는걸. 그도 그럴 것이 콘솔 게임처럼 패키지로 발매되지 않으니까—.

“저는 무언가를 만드는 재능은 없습니다. 그래서 누군가의 재능을 꽃피우는 길을 선택했죠. 세상에 셀 수도 없을 만큼 존재하지만, 대다수가 빛을 보지 못한 채 시들고 마는 천재들— 그들이 그 능력을 최대한 발휘할 수 있는 장소를 만들고, 유저라고 하는 빛이 닿는 곳으로 보냅니다. 그게 제가 하는 일이에요."

나는 이사나를 따라왔을 뿐이지만, 어느새 그의 이야기에 빠져들고 말았다.

그래서 강연회가 끝난 후에야, 내 마음에 걸리는 무언가의 정체를 깨달았다.

이리도 유메 ◆ 일상과 함께하는 불안

휴일을 맞이한 나는 아카츠키 양, 마키 양, 나스카 양과 함께 카페에서 공부를 했다.

2학기 기말고사는 코앞까지 다가와 있다. —중간고사보다 시험 과목이 많은 만큼, 꼼꼼하게 대책을 세워둬야만 한다. 그래서 학교에 안 가는 휴일에도 모여서 공부를 하는 것이다.

게다가 개인적인 이유를 꼽자면, 신경이 쓰이는 일이 있어서…… 혼자서는 공부에 좀처럼 집중할 수 없기에, 누군가와 함께 있고 싶기도 해다.

"참 열심인걸."

마침 내가 나스카 양에게 수학을 가르쳐주고 있을 때, 웨이트리스 차림을 한 쿠레나이 스즈리 회장이 말을 걸어왔다.

그러자 마키 양이 힘차게…….

쿠레나이

"넵! 열심히 하고 있슴다!"

……하고 대답했다.

이 카페는 쿠레나이 회장이 아르바이트를 하는 곳이다. 학생회에서 환영회를 한 장소이기도 했다.

휴일 공부 모임 장소를 찾던 우리에게, 회장은 자기가 아르바이트하는 곳을 쾌히 제공해줬다. 확실히 패밀리 레스토랑이나 푸드 코트보다 조용해서, 공부 장소로 더할 나위 없었다.

"이야~, 의외네요! 회장님이 그렇게 귀여운 옷을 입고 아르바이트를 한다니 말이에요!"

"후후후. 그렇지?"

아담한 체구를 웨이트리스복으로 감싼 회장은 자랑스레 옅은 미소를 머금었다.

"소문을 퍼트리지는 말아줘. 놀리러 오는 학생들이 늘어나면, 점장님에게 폐가 되거든."

"넵!"

회장은 우리의 컵에 시원한 물을 따라줬다. 주문한 홍차와 커피는 이미 다 마셨다.

"하지만 회장님은 괜찮습니꺼~?"

나스카 양이 느긋한 어조로 그렇게 물었다.

"시험공부 안 하고, 이렇게 아르바이트나 해도 말이지예~."

"평소에 충분히 하고 있거든. 그런 걱정은 안 해도 돼."

"……그러고 보니, 회장님이 시험 전에 공부에 열을 올리는 모습은 못 본 것 같아요."

내가 그렇게 중얼거리자, 쿠레나이 회장은 장난스러운 미소를 머금었다.

"여름 방학 숙제는 계획적으로 하는 타입이거든."

그렇다면 하바 선배와의 관계는 왜 계획적으로 못 하는 걸까, 라는 치명적인 발언은 마음속에 담아두기로 했다.

아카츠키 양이 축 늘어지더니…….

"선배~, 작년 기출 문제 좀 가르쳐주세요~. 저는 이제 한계예요~."

"안 돼. 정확하게는 의미가 없으려나. 우리 학교 시험은 기출 문제 대책도 철저하게 하거든."

"으윽……."

"자기 힘으로 열심히 해봐. 뭐, 우리 학생회의 믿음직한 서기가 있으니까, 걱정 없겠지."

농담 투로 그렇게 말한 회장은 카페 안쪽의 스태프용 공간으로 돌아갔다.

바로 그때, 마키 양이 씨익 웃으며 나를 쳐다봤다.

"믿음직한 서기라네."

"그런 소리 마. 나는 문서를 작성할 뿐이야."

나는 애매한 미소를 지으며 대답했다. 그 외에는 기획서를 만들거나, 홈페이지를 갱신하거나, 학생회 소식을 만드는 등…… 나중에는 잡지 편집도 하게 될 것 같지만, 위원회와 부장 연합을 당당히 상대하는 회장이나 아소 선배에 비하면 별것 아니다.

"에이, 무슨 소리야! 컴퓨터 딸깍딸깍~ 하며 일을 척척~ 처리하는 거지?! 완전 멋지네~!"

"뭐, 키보드 타이핑은 좀 능숙해졌을 것 같긴 해."

컴퓨터는 학생회에 들어오기 전까지는 수업할 때만 만져봤을 뿐이다. 미즈토는 자기 컴퓨터를 가지고 있지만…….

"아무튼 전교 1등이잖아! 도와줘~!"

공부 좀비가 된 아카츠키 양이 옆자리에 앉은 나에게 달려들었다.

"알았어. 그럼 일단 샤프부터 쥐어."

"우엥~! 손가락 아파~!"

"아직 찢겨나가지 않았으니까 괜찮아."

"으윽……! 스파르타한 유메도 좋아……."

그래그래, 하면서 나는 한 번 더 그녀를 얼렀다.

이러는 사이에도, 내 머릿속에는 기말고사가 끝난 후에 치를 이벤트에 관한 생각으로 가득 차 있었다.

내 친부와, 미즈토를 동반한 삼자 면담.

미즈토는 뜻밖에도 순순히 승낙했지만, 그는 이 이벤트를 마음속으로 어떻게 여기고 있을까. 성가시고 귀찮은 일? 아니면…….

하아, 정말! 엄마가 같이 가준다면 좋을 텐데 말이야! 『지금 남편분에게 미안하니까』라며 아빠 쪽에서 나와 미즈토만 나오면 된다고 말했다는데…….

……대체 무슨 속셈인지 모르겠다.

헤어진 아내의 재혼 상대의 아들을, 대체 왜 만나보고 싶어 하는 거야? 나라면 절대 만나고 싶지 않을 텐데……. 어떤 표정으로 만나면 좋을지 모르겠다.

당사자는 바로 나인데, 왠지 소외된 느낌이 들었다.

"……하아."

"유메?"

"아, 미안해. 아무것도 아냐."

나는 회장이 따라준 물을 마시면서, 막연한 불안을 얼버무렸다.

무심코 히가시라 양에게 대항하려고 일을 벌이긴 했는데…… 대체 어떤 자리가 될까?

이리도 미즈토 ◆ 우연

강연회가 끝난 후, 우리는 강의실을 나섰다.

"꽤 재미있었네요~. 인디 게임은 거의 안 해서, 꽤 참신했어요."

"그래."

확실히 재미있었다. 타인의 재능을 알려주는 방식과 재미—이사나보다는 내가 지금 하려 하는 일과 더 깊이 관련된 이야기란 느낌이 들었다.

"너는 장래에 그림으로 하고 싶은 일이 있어? 라이트노벨이라든가, 게임…… 그리고 VTuber 디자인 같은 것도 있겠네."

"네~? 거기까지는 생각 안 해봤네요~. 아, 그래도 야한 동인지는 만들고 싶어요……."

"그게 공공장소에서 할 소리냐. 성인이 되고 나면 해."

"우헤헤……. 2년 후가 기다려지네요~."

얘의 평소 발언을 생각하면, 성실하게 19금을 지킬 것 같지 않은데— 그 점에 대해서는 더 이야기하지 않는 편이 좋겠다는 느낌이 들었다.

"애초에 너는 판매원 같은 걸 할 수 있겠어?"

"당연히 코스프레하는 사람한테 부탁해야죠!"

"그런 교섭 자체를 못 할 거란 소리라고."

아마 내가 팔게 될 것이다. 그런 미래가 벌써 머릿속에 떠올랐다. 여사친의 에로 동인지의 판매원이 되어달라고 코스튬 플레이어와 교섭한다. —뭐 그딴 상황이 다 있어. 우선 여사친이 그린 에로 동인지를 읽어야만 하는 상황 자체가 골칫거리다.

"뭐, 그것도 더 능숙해져야 가능한 일이야. 그리고 무엇보다 눈앞의 기말고사부터 잘 친 후에 생각해."

"으윽…… 시험 생각나게 하지 말라고요……."

이사나가 어떤 미래를 선택하든, 고등학교를 중퇴하게 할 수는 없다. 오늘 강사였던 케이코인이란 사람도, 상당한 학력의 소유자였으니 말이다—.

"그건 그렇고, 역시 어딘가에서……."

"네?"

"저기, 역시 그 케이코인이란 사람을 어디서 본 적 있는 것 같지 않아?"

"네? 그 말은 저도 본 적이 있단 말이에요?"

그렇다. 왜 나는 이사나에게 묻는 걸까? 혹시 저 사람을 본 자리에, 이사나도 같이 있었던 걸까……?

"—어?"

강의실이 있는 건물에서, 밖으로 나왔을 때였다.

마침 그 자리에서, 방금 언급한 본인— 케이코인 료세이가 스마트폰으로 뭔가를 체크하고 있었다.

우리를 본 그는「자네들은……」하고 중얼거리더니…….

"—그래. 역시 맞아. 라쿠로의 문화제에서 본 아이들이구나."

……하고 말했다.

그 순간, 막혀있던 내 기억도 한꺼번에 쏟아져 나왔다.

아아— 그렇다.

문화제에서 이사나와 단둘이 있을 때, 나와 유메의 반이 어디 있는지 물었던—.

“이런 우연도 다 있는걸. 그때는 신세 졌단다.”

상냥한 미소를 머금은 케이코인 씨가 우리에게 말을 건넸다.

이사나는 「어? 어?」 하고 혼란스러워하며, 나와 케이코인 씨를 번갈아 쳐다봤다.

“문화제에서 만났어.”

나는 작은 목소리로 말했다.

“같이 있던 우리에게 길을 물었던— 그리고 헤어질 때 너한테 『멋진 여친』이라고 말했던 사람 말이야.”

“앗—! 그때 그…… 아하~!”

그제야 생각이 난 듯한 이사나는 개운한 목소리로 그렇게 말했다.

그렇다. 보통은 이렇게 시간이 걸리는 법이다. 그런 사소한 일을 떠올리려면 말이다.

“……저희를 기억하세요?”

그렇게 묻자, 케이코인 씨는 시니컬하게 웃으며 어깨를 으쓱했다.

“직업상 남의 얼굴을 기억하는 게 특기거든. 강연회 중에도 신경이 쓰였는데, 가까이에서 보니 바로 생각났단다.”

엄청난 기억력이다. 나는 사람의 얼굴과 이름을 기억하지 못하는 편이기에, 초능력이라는 생각마저 들었다.

“자네들은 고등학생이지? 예대의 강연회에 오다니, 꽤 열성적인걸. 게임 크리에이터에 흥미가 있니?”

"아뇨…… 오늘은 기분 전환을 하러 왔어요. 지금은 시험 기간이거든요."

"시험 기간? ……아, 기말고사 말이구나. 이야, 학생을 관두고 나니 당시의 습관을 까맣게 잊게 되는걸."

"그보다, 그때는 왜 우리 학교의 문화제에 온 건가요?"

"친구로부터 초대장을 받았거든. 이 나이가 되면, 학교라는 장소가 성역처럼 느껴지지. 젊은이의 감각을 알기 위해서라도, 기회가 되면 가보려고 해. ……게다가, 라쿠로와는 인연이 있지—."

인연? ……아까 강연회에서의 소개에 따르면, 출신 고등학교는 다른 곳이었는데 말이다.

"다음은 이쪽 턴인가."

어느새 턴제가 된 것 같았다.

"기분 전환을 하는 것치고는, 꽤 희귀한 선택지를 골랐는걸. 데이트를 할 거면 가볼 만한 장소가 얼마든지 있을 텐데? 내가 보기에, 자네들 중 누군가— 아마 여친 쪽이려나."

"어엇."

내 등 뒤에서 몸을 반쯤 숨긴 채 우리를 지켜보고 있던 이사나가 흠칫하며 몸을 떨었다.

"그녀가 뭔가를 만드는 데 관심이 있는 거야. 어때?"

나는 약간 망설였다. 이사나의 취미를 숨기고 있지는 않지만, 타인인 내가 멋대로 밝혀도 될 리가 없다. 본인의 판단을 구하고 싶지만, 이사나는 초면인 인간 앞에서는 조개처럼 입을 꾹 다물고 만다.

하지만, 주저한 것은 잠시에 불과했다.

이유는 두 가지다. 하나는 내가 밝히지 않더라도, 그에게 얼추 들통이 났다는 점이다. 그리고 다른 하나는—.

"—네, 맞아요. 얘는 일러스트를 그리거든요. 좋은 자극을 받을 수 있을까 싶어서 데려온 거예요."

이것은 기회다, 하고 내 감이 말하고 있었다.

그의 경력과 아까 전의 강연 내용으로 볼 때, 이 사람은 재능을 간파하는 데 있어서 프로다.

그런 프로에게 이사나의 재능을 감정해달라고 할 기회다. 이런 기회는 평범한 고등학생이 자주 찾아오는 게 아니다.

물론 리스크도 있지만, 그의 태도를 보면 새싹을 짓밟는 짓을 하지는 않을 것이다. 확률이 낮은 도박은 아니란 생각이 들었다.

"호오?"

케이코인의 눈이 이사나의 얼굴을 향하자, 그녀는 완전히 내 등 뒤에 숨었다.

"그래. 일러스트인가. 나는 옛날부터 그쪽으로는 별로였거든. 그래서 그림을 그릴 줄 아는 사람은 무조건적으로 존경했지."

"고등학교 1학년치고는 꽤 잘 그린다고 생각해요."

"어, 미즈토 씨?!"

얼굴을 새빨갛게 붉힌 이사나는 내 옷소매를 잡아당겼다. 잘 그리는 건 사실이니까 부끄러워하지 마.

케이코인 씨는 재미있다는 듯이 미소 짓더니…….

"괜찮다면 보여주지 않겠어? 젊은이의 작품을 보는 걸 좋아하거든."

내 의도를 꿰뚫어 보고 있나. 그래도 바라던 바다.

"이사나, 괜찮지?"

"어, 어어어……?"

"이미 인터넷에도 올렸으니까, 이제 와서 보는 사람이 한 명 더 늘어봤자 거기서 거기잖아."

"제 눈앞에서 보는 건 엄연히 다르다고요……."

"하하하! 겁먹지 않아도 돼."

케이코인 씨는 가벼운 말투로 말했다.

"나는 편집자가 아니고, 여기는 심사장이 아니지. 겨우 두 번 만난 여고생을 헐뜯으며 즐거워할 만큼, 성격이 배배 꼬이지도 않았단다."

크리에이터가 두려워하는 게 뭔지, 잘 알고 있었다. 내 사람 보는 눈은 틀리지 않았던 것 같았다.

"인터넷에 올렸다고 했지? 펜네임을 물어봐도 될까?"

"이사나."

"으으…… 알았어요……."

내가 이사나의 펜네임을 알려주자, 케이코인 씨는 스마트폰을 재빨리 조작했다.

"이 계정인가. 흠……."

케이코인 씨가 눈을 약간 가늘게 떴다.

이사나의 계정에 올라온 일러스트는 아직 두 장밖에 안 된다. 포트폴리오로 쓰기에는 너무 부족하다. 그러니 이것은 자기소개의 연장에 지나지 않겠지만, 케이코인 씨의 눈빛은 진지했다.

"……질문 하나 해도 될까?"

이윽고 스마트폰을 향하던 시선이, 나를 향했다.

"이…… 첫 번째 그림. 실연한 소녀의 일러스트 말인데…… 이걸 인터넷에 올리라고 권한 건 자네인가?"

"……그런데요."

"흠. ……그래. 안목이 좋은걸."

……어? 왜 나를 칭찬하는 걸까.

"가슴 뛰게 하는 그림이야. 아직 거친 부분이 있지만, 그렇기에 앞으로 더 성장하리라는 것을 알 수 있지. 그러면서, 일러스트에 정서를 담는 센스를 이미 갖추고 있어……. 게다가 이 두 번째 그림도 좋군. 자신의 충동을 작품에 쏟아붓는 것을 전혀 주저하고 있지 않아. 크리에이터에게 필요한 자질이지."

우규우우웃, 하는 정체불명의 신음이 내 귓가에 전해졌

다. 부끄러운 것 같았다. 칭찬을 받고 있으니 기뻐하면 될 텐데 말이다.

케이코인 씨는 갑자기 양복 품속에 손을 집어넣었다. 그리고 안쪽 호주머니를 뒤지더니, 「아, 찾았다」 하며 명함 지갑을 꺼냈다.

“다시 자기소개를 하도록 할까. 나는 케이코인 료세이라고 해.”

그리고 내민 것은, 멋진 디자인의 명함 한 장이었다.

“자기소개가 늦어서 미안하군. 자네들의 이름을 물어도 될까?”

나는 명함을 받으면서 말했다.

“이리도 미즈토예요.”

그리고 팔꿈치로 이사나를 살며시 찔렀다.

“히, 히가시라 이사나, 예요…….”

그 작디작은 목소리를, 케이코인 씨는 똑똑히 들은 것 같았다.

“이리도 미즈토 군과, 히가시라 이사나 양…… 좋아. 기억했어.”

자기 관자놀이를 두드리며 그렇게 말한 그는 「……어?」 하며 미간을 살짝 모았다.

“이리도 미즈토…….”

“네?”

"아냐."

케이코인 씨는 게임 발매일을 맞이한 어린애처럼 씨익 웃었다.

"우연은 겹치는 법인걸. 이래서 사람은 재미있어."

……어? 무슨 소리일까.

"혹시 상의할 일이 있다면, 그 명함의 연락처로 언제든 연락을 줘. 특히 미즈토 군— 자네와는 멀지 않은 미래에 다시 만나게 되겠지."

케이코인 료세이는 그런 수상한 말을 입에 담은 후, 시니컬한 웃음을 흘렸다.

"어째선지 수상쩍다는 말을 자주 듣거든. 그래서 예언자 행세 좀 해봤어."

그럼 이만, 하고 말한 케이코인 씨는 빠른 걸음으로 이 자리를 벗어났다.

우리는 그런 그의 뒷모습을 쳐다보며…….

"……저런 소리를 하니까 수상쩍다는 소리를 듣는 것 같지 않아?"

"동감이에요."

신용해도 될지, 안 될지…… 나는 건네받은 명함을 쳐다보며 고개를 갸웃거렸다.

"……으음. 뭐, 괜찮은 것 같네."

미즈토의 옷차림을 살펴본 나는 가볍게 고개를 끄덕였다.

흰색 와이셔츠에 심플한 재킷, 캐주얼하지만 과하지 않은—내가 생각해도 딱 적절한 코디네이트 같아 보였다.

미즈토는 가볍게 한숨을 내쉬었다.

"나를 마네킹으로 삼아놓고, 뭘 그렇게 우쭐대는 거야……."

"네가 생각 없이 행동하는 게 문제 아냐?"

"그냥 같이 밥을 먹을 뿐이잖아. 무슨 생각을 할 필요가 있는데?"

"세련된 레스토랑을 예약했으니까, 낡은 플리스 재킷 같은 걸 입고 갈 수는 없거든?!"

기말고사도 무사히 끝난 후, 드디어 아빠와 만나는 날이 찾아왔다.

엄마를 통해 연락해보니, 역 앞에서 모인 후에 어른들이 데이트할 때 이용하는 고급스러운 레스토랑에 갈 것이라고 한다. 이제까지는 자세한 이야기를 못 들었는데, 혹시 내 유전자상의 아버지는 부자인 걸까?

그러니 때와 장소와 경우를 고려해서, 나는 살짝 투명감이 있는 어른스러운 겨울용 원피스를 준비했다. 엄마의 말에 따르면 비용은 아빠가 부담하기로 했다니, 나로서는 이

득이다.

"두 사람 다 조심해서 다녀오렴."

엄마가 현관에 선 우리에게 말했다.

"실은 나도 따라가야겠지만……."

"『남편분에게 미안하니까』란 말을 들었다며?"

"그래. 그 사람은 항상 옳은 말만 하니까, 대꾸를 할 수 없다니깐……."

엄마는 난처한 듯이 웃었다.

몇 년이나 부부로 지낸 이를 이렇게 배려한다는 게, 나는 믿기지 않았다. 만약 미즈토에게 새 여친이 생긴다면, 나도 저렇게 배려할 수 있을까. 심경이 복잡해진 나는 마음을 진정시킬 수가 없었다.

"그럼 다녀올게."

"응. 미즈토 군한테는 곤란한 자리겠지만, 식사는 맛있을 테니까 즐기고 오렴."

"네."

우리는 현관을 나섰다.

아직 밤은 아니었지만, 하늘은 어둑어둑했다. 12월의 차가운 바람이 볼에 닿았다. 나는 원피스 위에 걸친 코트의 옷깃을 세워서 바람을 막으며, 옆에서 걷고 있는 미즈토를 쳐다봤다. 여전히 무슨 생각을 하는지 알 수 없는 표정을 짓고 있었다.

"긴장했어?"

그렇게 묻자, 미즈토는 쳐다보지 않으며 대꾸했다.

"그러는 넌 어때?"

미즈토는 딱히 긴장한 기색이 없었다. 안색도 평소와 같았고, 목소리도 마찬가지였다. 걷는 속도도 평소와 같았으며, 굳은 느낌이 전혀 없었다. 한편, 나는…….

"조금…… 했을지도 모르겠어."

아빠와 만나는 게 대체 얼마 만일까.

소설이나 드라마에서는 헤어진 아내나 딸과 정기적으로 만나는 아버지가 자주 나왔다. 하지만 나는 그런 만남을 가진 기억이 없다.

그래서 나는, 아버지가 나에게 흥미가 없다고 여겼다.

그리고 솔직히 말해 나도 마찬가지다……. 아빠와 한집에서 산 것은 이제 기억도 나지 않을 만큼 옛날 일이다. 때때로 엄마에게서 이야기를 들어도, 왠지 모르는 사람처럼 느껴졌다.

초등학교에서 『아빠에게 이야기를 듣고 오세요』 같은 숙제가 나와서 곤란한 적이 있기는 하지만— 나는 아빠란 존재에게 별다른 감정이 없었다.

그래서 오늘 이 자리에 어떤 의미가 있는지, 알지 못한다.

이제 와서 나에게, 미즈토에게, 무슨 볼일이 있는 것일까. 그것을 전혀 모르기에, 괜히 몸이 굳으며 긴장됐다.

무심코 히가시라 양을 상대로 경쟁심을 불태워서, 조금이라도 리드해야겠단 생각에 이런 일을 벌이고 말았지만…… 그런 타산 같은 건 옛날옛적에 머릿속에서 사라졌다.

별다른 대화를 나누지 않으며, 우리는 집합 장소에 도착했다.

미즈토와 데이트 약속 장소로 삼은 적이 있는, 교토 타워 샌드 앞이었다.

마을은 이미 크리스마스 분위기에 휩싸여 있었으며, 곳곳에서 크리스마스 음악이 들려왔다. 어딘가 들떠 보이는 인파 너머로, 스마트폰을 보며 시간을 보내고 있는 사람 몇 명이 보였다.

약속 장소에 도착하면 연락을 하기로 했다. 하지만 그 전에, 나는 상대방을 발견했다.

은색의 두꺼운 기둥에 기대선, 코트를 걸친 남성.

그의 모습을 본 순간, 기억이 되살아났다.

"아—."

"—케이코인 씨?"

내가 말을 걸기 직전, 미즈토가 아연실색한 표정으로 그렇게 말했다.

어?

코트를 걸친 남성은 스마트폰에서 고개를 들더니, 우리를 쳐다봤다.

그리고, 심술궂은 미소를 머금었다.

내 아버지— 케이코인 료세이가 말이다.

"내가 말한 대로 됐지? 미즈토 군."

이리도 유메 ◆ 시선이 향한 곳

아빠의 안내에 따라, 우리는 근처 빌딩의 상층부에 있는 레스토랑에 들어갔다. 교토의 도시 전경과 교토 타워를 한눈에 볼 수 있기에 사진 찍어서 SNS에 올리기 딱 좋은 레스토랑 같지만, 내 머릿속은 혼란으로 가득 차 있었다.

왜 미즈토와 아빠가 아는 사이인 거야?

아빠는 코트를 벗으며 자리에 앉은 후, 그 의문에 답해줬다.

"미즈토 군과는 얼마 전에 대학교 강연회에서 우연히 만났단다. 이름을 물어봤더니 유메의 의붓남매와 이름이 같아서, 나도 놀랐지."

"대학교 강연회……?"

"아, 그러고 보니 유메에게는 내 직업을 말 안 했던가. 나는 게임 회사에서 프로듀서를 하고 있단다. 그래서 예대 같은 곳에서 강연 의뢰가 한 번씩 들어오기도 해."

게임……. 콘텐츠 계열의 일을 한다는 건 어렴풋이 알고 있었지만…….

나는 옆에서 시치미 떼는 듯한 표정을 짓고 있는 미즈토를 쳐다봤다.

"게임에…… 흥미 있었어?"

"……이사나를 데려가 준 거야. 시험공부 중의 기분 전환 삼아서 말이지."

미즈토는 내키지 않는 투로 설명했다.

뭐? 잠깐만 있어봐. 그 말은…… 미즈토만이 아니라, 히가시라 양도 아빠와 만났다는 거야? 그럼 나는 리드를 한 게 아닌 거잖아?!

머릿속이 더욱 혼란스러워졌지만, 일단 진정하자. 어차피 거의 만날 일이 없는 아빠가 히가시라 양과 미즈토가 어떤 관계라고 생각하든 신경 쓸 필요 없다. 리드라고 볼 수는 없다.

"맞아, 미즈토 군."

아빠는 물수건으로 손을 닦으면서 미즈토에게 말을 건넸다.

"그러고 보니 세 번째 그림이 올라왔더군. 이번에도 실력이 늘었다는 게 느껴졌지. 시험 기간인데도 대단한걸― 자네의 매니지먼트 덕분이려나?"

"걔의 재능이에요. 저는 그저 재촉했을 뿐이죠."

……어? 뭐? 매니지먼트?

"무…… 무슨 소리야? 히가시라 양과 뭘 하고 있어?"

"그게……."

"그는, 친구의 창작 활동을 서포트하고 있단다."

미즈토가 우물쭈물한 순간, 아빠가 말했다.

"재능을 꿰뚫어 보는 안목도 확실할 뿐만 아니라, 육성 방

침도 뛰어나지. 도저히 고등학교 1학년으로는 보이지 않아."

"……가정교사를 맡은 게 아니었어?"

내가 슬쩍 째려보자, 미즈토는 눈을 피했다. 왠지 거북해하는 것처럼 보였다.

"……그건 나토라 씨에게 부탁받은 거야. 매니저는 내가 자주적으로 하고 있어."

"그렇……구나."

히가시라 양이 그림을 그린다는 건 알고 있지만, 그 정도로 본격적인 줄은 몰랐다. 확실히 히가시라 양이 그런 활동을 한다면, 누군가에게— 미즈토에게 서포트를 받게 되는 것은 자연스러운 흐름처럼 느껴졌다.

하지만, 미즈토의 목소리와 태도에서는 나를 향한 죄책감 같은 것이 묻어났다. 히가시라 양과 그런 활동을 한다는 걸, 나에게 알려주고 싶지 않았던 것일까. 어째서……?

"자, 우선 먹고 싶은 걸 주문하렴. 가격은 신경 안 써도 돼. 두 사람은 나 때문에 오늘 이렇게 나와줬으니 말이지."

메뉴에 적힌 가격을 보고 두려움을 느끼면서, 나와 미즈토는 주문을 마쳤다. 아빠만 와인을 주문했다.

웨이터가 주문을 받고 돌아가자, 나는 머뭇머뭇 본론을 꺼냈다.

"……으음. ……오늘 우리를 부른 이유……를, 물어봐도 돼?"

아빠에게 존댓말을 쓰는 것은 이상하겠지만, 반말을 쓸

사이도 아닌 느낌이 들어 약간 망설였다.

아빠는 개의치 않으며 부드러운 미소를 머금더니…….

"그래. 우선 그 이야기부터 할까."

아빠는 테이블 위에 두 손을 올려놓고 깍지를 꼈다. 어느 손가락에도 반지 흔적은 없었다.

"4월 무렵이었나. 유니에게서— 아니, 이리도 씨에게서 새로운 생활을 시작했단 보고를 받았단다. 양육비는 이제 보내주지 않아도 된단 연락을 하면서 겸사겸사 들은 건데…… 그때, 유메에게 동갑내기 남매가 생겼다는 걸 알게 됐지. 감수성이 풍부한 시기일 텐데도, 의외로 사이좋게 지내고 있다더군. 하지만—."

아빠는 가볍게 고개를 갸웃거렸다.

"솔직하게 이야기하마. 너희는 똑똑하니, 괜히 이야기를 얼버무려봤자 통하지 않을 테지. —그때, 나는 이렇게 생각했단다. 『감수성이 풍부한 고등학생 남녀가 갑자기 동거하게 됐는데, 처음부터 사이좋게 지내는 건 부자연스럽다』, 하고 말이야."

나는 깜짝 놀란 나머지, 한순간 숨이 막혔다. 미즈토 또한 눈을 깜빡이지 않으며 입술을 꾹 다물었다.

"사이좋게 지내더라도, 『바로』는 말도 안 돼. —아무리 노력하더라도, 처음에는 서로를 살피며 어색한 관계를 형성하겠지. 하지만, 이리도 씨에게 그런 이야기를 못 들었단다.

나는 직업상 이런 부자연스러움을 자동적으로 파헤치는 경향이 있거든—. 이리도 씨의 말이 사실이라면, 유추되는 가능성을 생각해봤지. 그 결과, 떠오른 가능성은 세 가지—."

아빠는 손가락 세 개를 꼽으며 말했다.

"하나, 『두 사람은 예전부터 아는 사이였다』."

약지를 접었다.

"둘, 『상대방 남자애가 상당한 괴짜』."

중지를 접었다.

"셋, 『양쪽 다』."

검지를 접었다.

마치 미스터리의 명탐정 같은 행동이지만, 발언 자체는 완벽한 정답이었다. 우리는 전부터 아는 사이였고, 미즈토는 상당한 괴짜다. —그렇기에 우리는, 처음부터 사이좋은 남매처럼 행동할 수 있었다.

당사자인 엄마와 미네아키 아저씨는 안도감에 사로잡힌 바람에, 우리의 부자연스러움을 의심하지 않았을 것이다. 하지만 아빠는 외부인이기에 냉정하게 분석할 수 있었다. —나와 미즈토에게는 평범한 의붓남매 이외의 무언가가 있다는 사실을 말이다.

바로 그때, 웨이터가 음료를 가져왔다. 내 앞에는 아이스티가, 미즈토 앞에는 우롱차가 놓였으며, 아빠는 와인 잔을 넘겨받았다.

아빠는 잔에 따른 보라색 술을 가볍게 흔들어보더니…….

"어느 쪽이든 간에, 흥미롭다고 생각했단다."

입술을 적시듯, 잔을 기울였다.

"이제 와서 아비 행세를 할 생각은 없지만, 친딸이 동거를 허락한 괴짜 남자애가 대체 어떤 애일까, 란 생각이 들더군. 단순한 흥미였어. ―실은 문화제 때 살펴보고 말 생각이었지만, 공교롭게도 내가 너희 반에 찾아갔을 때는 두 사람 다 자리를 비웠더구나."

"어? 문화제에도 왔었구나……."

"친구에게 초대장을 받았거든. 실은 그때도 우연히 미즈토 군과 히가시라 양을 만났단다. 설마 내가 찾던 그 남자애인 줄은 몰랐지만 말이야."

내가 놀라며 옆을 쳐다보자, 미즈토는 「나도 네 아버지인 줄은 몰랐어」 하고 말했다. 히가시라 양도 봤다면, 셋이서 함께 돌고 있을 때일까……. 나만 화장실에 간 적이 있는데, 혹시 그때?

"그래서, 직접 만나보기로 한 거란다. 좀처럼 시간을 내지 못해서, 두 달이나 걸리고 말았지."

……그랬, 구나.

왠지, 납득이 된 듯한 느낌이 들었다.

아빠는 와인을 한 모금 더 마시더니, 아무 말 없이 우롱차를 마시는 미즈토를 힐끔 쳐다본 후에 나를 보며 미소 지었다.

"유메, 그는 참 재미있는 사람이구나. 고등학생답지 않은 냉정함을 지녔으면서, 그와 상반되는 정열도 겸비했어. 리얼리스트이며, 또한 로맨티스트— 자화자찬 같지만, 나와 비슷한 느낌이 드는걸."

이 평가는 미즈토의 핵심을 꿰뚫고 있는 느낌이 들면서, 한편으로 그의 겉만 훑어봤을 뿐인 듯한 느낌도 들었다.

적어도 내가 마음을 굳힌 그 순간에는 — 불꽃을 올려다보며 조용히 우는 미즈토를 본, 그 순간에는 — 그런 감상을 품지 않았다.

"이리도 씨가 안심하는 것도 이해가 돼. 유메는 그가 새로운 가족이란 사실에, 감사해야겠는걸."

"……응."

"유메에게는 장래 목표가 있니? 학업 성적은 쭉 뛰어나다고 들었는데……."

"으음~, 아직 정하지 못했어……. 지금은 학생회 활동이 즐겁거든."

"그거 좋지. 폭넓은 선택지를 가질 수 있다는 건, 학생의 특권이거든. 충분히 즐기도록 하렴."

태도와 목소리에는 드러나지 않지만, 왠지 알 수 있다.

아빠는 역시, 나에게는 딱히 흥미가 없다.

나도 마찬가지다. 그 점을 알고 기분이 나빠지거나, 마음이 토라지지 않았다.

아빠가 흥미를 느낀 건 미즈토이며, 나에게 있어 지금 가장 중요한 것은 미즈토와의 관계다.

정말, 기묘한 이야기다.

원래라면 이 자리에서 제삼자에 지나지 않을 텐데도, 이 자리에 있는 이들의 시선은 이리도 미즈토에게 향하고 있었다.

이리도 미즈토 ◆ 인생의 메인 스토리

"잠시 화장실 좀 다녀올게."

한동안 대화를 나누며 식사를 한 후, 유메가 자리에서 일어났다.

나만이, 케이코인 씨의 맞은편에 남겨졌다.

원래라면 거북하게 느껴져야 할 상황이지만, 케이코인 씨에게서는 그런 기척이 전혀 없었다. 여전히 모든 것을 꿰뚫어 보는 듯한 미소를 머금으며, 내 얼굴을 응시하고 있었다.

그리고…….

"자네는, 유메를 좋아하는 것 같군."

당연한 듯이, 그렇게 말했다.

포크를 쥔 손이 한순간 움찔한 후, 나는 테이블 한가운데를 쳐다보며 대꾸했다.

"……왜 그렇게 생각하죠?"

"괜히 파고들 생각은 없지만…… 아무래도 자네 상대로는 입이 가벼워지는 것 같은걸."

케이코인 씨는 난처하다는 투로 말을 이었다.

"추리라고도 할 수 없는, 단순한 억측이야. 『감수성이 풍부한 고등학생 남녀가 갑자기 사이좋게 지내는 건 부자연스럽다』— 『혹시, 그 친밀함은 연기가 아닐까?』— 『그렇다면 두 사람은 사이가 좋다는 걸 어필해야 할 정도로, 실은 사이가 나쁜 걸지도 모른다』— 『그런데도, 말을 맞출 수 있을 정도로 커뮤니케이션이 가능한 관계성은 무엇인가』— 더 말할 필요가 있을까?"

"……아뇨."

진짜로, 뭐든 꿰뚫어 보는 사람이다.

함께 사는 아버지와 유니조차도, 아직 눈치채지 못한 것을…… 이렇게 짧은 시간에 간파한 건가.

"반응을 보아하니, 지금은 관계가 꽤 개선된 것 같군. 어쩌면, 다시 사귀기로 한 거려나."

나는 손에 쥔 식기를 조용히 접시 위에 내려놨다.

아무래도, 오늘의 본론이 시작된 것 같았다.

"당신은, 이사나가 제 연인이라고 여기는 줄 알았는데요."

"처음 만났을 때는 그렇게 생각했지. 하지만, 일전에 만나보고 생각을 바꿨어. 네가 그녀를 볼 때의 눈길은, 여성을 보는 눈길이 아냐. —재능을 볼 때의 눈길이지. ……아니, 이런 표현이 적당하려나. 자기 인생의 주인을 볼 때의 눈길, 이지."

"……"

"미즈토 군. 자네는 나를 많이 닮았어. 같은 종류의 인간이라고 해도 과언이 아냐. 우리 같은 인간은 자기가 주인공인 이야기를 원하지 않아. 주인공이 될 수 있는 인간을 찾아내서, 그 이야기를 최대한 재미있게 만드는 것— 그걸 최고라고 생각해. 그걸 위해서라면, 자기 인생 따위는 아무래도 상관없어—. 자기를 희생하는 것도, 타인을 의존하는 것도 아닌, 어찌 보면 최고의 에고이스트야."

"……"

"이해하지? 미즈토 군, 자네는 히가시라 양의 재능을 육성하는 것 이외에는 아무래도 상관없다는 생각에 빠져들고 있지 않아? 그래. —자신의 감정조차도 말이지."

유메의 곁에 있고 싶다.

유메가 곁에 있어 줬으면 한다.

나에게는 그뿐이다. 너 말고는 누구도 곁에 두고 싶지 않다. 그 마음은, 변함없다.

하지만, 그 이외의 것이 변하고 말았다.

……아니, 그렇지 않다. 눈치채지 못한 것이다. 이사나의 그 그림을 본 순간까지, 자신이라는 인간이 자기 자신을 시야에 담고 있지 않다는 사실을 눈치채지 못했다.

지금은 아직, 흔들리고 있다.

이사나의 프로듀스는, 아직 결과가 나오지 않았다. 승리의 맛을 알지 못한다.

하지만, 만약 그것을 알게 된다면…….

돌아가지 못하게 된다.

다른 모든 것이 그 이하가 된다.

나는 본능적으로, 그 사실을 알고 있다.

"……내 이야기를 좀 하도록 할까."

케이코인 씨는 자조적인 말투로 이야기를 시작했다.

내 미래를, 예언하듯이…….

"유메가 태어났을 때를, 똑똑히 기억하고 있어. ―손을 뗄 수 없는 일이 있어서, 태어나고 며칠 후에야 그 아이의 얼굴을 처음 봤지."

그 이야기는 예전에 아버지에게서 들었다.

유니 씨는 남편이 자식의 얼굴을 보러 와주지 않아서, 불안에 사로잡혔다고―.

"나보다 먼저 결혼한 친구가 몇 명 있는데, 다들 입을 모아 말하더군. 『태어난 자식의 얼굴을 보면, 앞으로의 모든 인생이 이 아이를 위한 것이라는 느낌이 든다』고 말이야. 생물로서는 그게 옳다고 생각했고, 나 또한 그럴 거라 기대했어. 나는 출산하는 아내의 곁에 있어 주지도 않은 못난 인간이면서― 자기가, 평범하게 가정을 돌볼 수 있는 인간이기를 바랐지."

―그 뒷일은, 알고 있다.

그 바람이 이루어졌다면 나와 유메는 연인 사이가 되지도, 가족이 되지도 않았을 것이다.

"마치 남 일 같았어."

케이코인 씨는 고통을 참듯 눈을 가늘게 떴다.

"그때만은, ……구역질이 날 정도로 자기 자신이 싫었지."

모든 것을 꿰뚫어 보듯 항상 미소 짓던 케이코인 씨가, 이 순간 처음으로 생생한 감정을 보여줬다.

"그런 못난 자신의 인격에 관해, 나는 생각해볼 수밖에 없었지. 미즈토 군— 인간은 사명감을 느끼는 순간이 있어. 『이게 내 행복의 형태다』라고, 확신을 얻는 순간이……. 많은 사람에게 있어 그것은 분명, 자식이 태어난 순간일 거야."

사명. 행복의 형태.

심플한 말이지만, 내 막연한 감각에 윤곽을 그려줬다.

"하지만 나는, 그 순간을 이미 경험했었지. 이미 결정되어 있었던 거야. 게임에 비유하자면, 메인 스토리가 말이야. 그 바람에 자식이 생긴다고 하는 일이 서브 스토리로 밀려나고 말았어."

그것은, 어찌할 수 없는 일이리라.

마음가짐으로 어찌 되는 문제가 아니다. 그런 인간으로, 그런 인생으로, 확정되고 말았다. 그것을 기준으로 발생하는 감정을, 자기 의지로 제어할 수 없다.

하긴, 누구라도…….

자식이 태어나면, 좋은 부모가 되고 싶을 것이다.

생각하지 않을 리가 없다. 바라지 않을 리가 없다. 설령 현실의 자신이, 아무리 나쁜 부모일지라도 말이다.

한심한 변명처럼 들릴지라도, 그것은 엄연한 사실이다.

"자기가 어떤 인간인지 안 후, 나는 가능한 한 가족에게 부담을 주지 말자고 생각했지. 육아에는 전문가를 고용했고, 식사 또한 유니를 번거롭게 하지 않으려 했어……. 하지만 그것은 유니가 생각하는, 유니가 원하는 가정의 모습과는 달랐던 거야."

케이코인 씨는 쓸쓸한 듯이 자조했다.

"나와 그녀는— 행복의 형태가, 명백하게 달랐던 거지."

케이코인 씨가 생각하는 이상적인 미래는, 자기가 하는 일의 끝에 있었으리라.

하지만 유니 씨가 생각하는 이상적인 미래는, 가정 속에 있었다.

유니 씨가 우리 집에서 어떻게 지내는지 보면 알 수 있다. 유니 씨는 일로 바쁜데도, 우리 도시락을 자주 만들어준다. 그런 평범한 어머니 같은 행동에서 기쁨을 발견하는 것이다. 어머니의 날에 선물을 받고 매우 감격하기도 했었다. 유니 씨는 아마, 가정을 동경하고 있는 것이리라.

케이코인 씨는 그 동경을 이뤄줄 수 없었다.

"더는 그녀의 인생을 허비시키고 싶지 않았어. 나는 일찌감치 결의했지만, 먼저 말을 꺼낸 건 유니 쪽이지. 나는 바로 이혼을 받아들였지만, 유니는 그런 나를 보며 이제까지 본 것 중에서 가장 슬픈 표정을 지었어. ……지금도 그 죄책감이 마음속에 남아 있을 정도야."

나는 유메와 헤어졌을 때를 떠올렸다.

서로가 무거운 짐을 내려놓은 것처럼, 개운한 표정을 지었다. 하지만 마음 한편으로 생각했었다. 자신이 조금만 더 나은 인간이었다면, 이런 결말을 피할 수 있지 않았을까…… 하고 말이다.

"나에게는 아버지를 자처할 자격이 없어. 그래서 유메의 호적을 유니 쪽에 올린 거야. 그리고 나는 양육비만 내기로 했지. 그것이 못난 나에게 휘말려 피해를 본 그녀들에게 해줄 수 있는 보상— 돈으로 해결하는 건 멋대가리 없는 짓이겠지만, 내가 아는 책임지는 방법이라고는 그것밖에 없었거든……."

한동안 눈을 감고 있던 케이코인 씨는 진지한 눈길로 나를 응시했다.

그것은, 어른의 눈길이었다.

한 사람의 인간이, 한 사람의 인간과 대치했을 때의 눈길이다.

"이렇게 적나라하게 속내를 털어놓은 건, 태어나서 처음인걸. ……미즈토 군. 내가 왜 이런 이야기를 자네에게만 하는 건지, 알겠나?"

안다.

뼈저리게 말이다.

"자네가 유메의 옆에 계속 있으려 한다면, 그에 따른 책임이 생겨나. 평범한 고등학생이라면 생각할 필요도 없는 책임이지……. 자네들의 특수한 환경은, 자네들의 실패를 쉬이 허용해주지 않을 거야. **자네들의 사랑에는, 자네들 가족의 인생이 걸려 있지.** 그러니 유니를 위해서도, 나는 마음을 독하게 먹고, 자네의 각오를 물어볼 수밖에 없어."

알고 싶지 않았다.

눈치채지 못한 채 있고 싶었다.

"자네는 유메를, 유니와 같은 일을 겪게 만들 수도 있어."

하지만 히가시라 이사나의 그림을 본 순간, 전부 결정되고 말았다.

"미즈토 군— 자네는 자기 행복이 어떤 형태인지, 이미 눈치채고 있지 않나?"

이리도 유메 ◆ 같은 미래를 보고 있지 않다.

"……."

나는…… 전부 듣고 있었다.

화장실에서 돌아오다, 두 사람의 목소리가 들리자, 바로 기척을 숨기고…….

전부…… 듣고 말았다.

떠올린 것은, 반년 전의 일— 히가시라 양이 고백했을 때, 아카츠키 양이 한 말이다.

미즈토는 연인이란 관계에 구애되지 않는다. —그러니 만약 누군가와 사귄다면, 진정으로 같이 있고 싶다 생각하는 사람뿐이리라.

하지만, 그것은 과거의 나이며…….

과거의 그가 그러했던 것이다.

그는 이제— 누군가와 함께 있고 싶다는 생각마저, 하지 않게 됐을지도 모른다.

선택지를 폭넓게 가질 수 있다는 것을 즐겨라, 하고 아빠는 말했다.

마치, 선택지를 폭넓게 가질 수 없는 인간이—.

이미 선택한 인간이…….

따로, 있는 것처럼…….

"……."

아아, 과거에 이미 증명된 바다.

그는 고고함을 관철했고, 나는 변화를 선택했다.

그 바람에 다퉜고, 헤어졌다.

우리는 행복의 형태가 — 이상적으로 여기는 미래가 — 확연하게 다르다는 것을…….

한참 전부터, 알고 있었으니까…….

"그럼, 이리도 씨에게도 안부 전해주게. 조심해서 돌아가렴."

그렇게 말한 케이코인 씨는 밤의 거리로 사라졌다.

한동안 그 뒷모습을 바라본 후, 유메가 말했다.

"돌아가자."

"……그래."

크리스마스 분위기에 휩싸인 거리를 걸으며, 우리는 같은 집으로 향했다.

우리는, 의붓남매다.

남녀이기 이전에, 한 지붕 아래에서 사는 가족이다.

그러니, 생각 없이 행동할 수는 없다. 문제를 일으켜도 돌이킬 수 있는 어린애처럼 굴 수는 없다.

가족을 생각하고, 장래를 생각하며, 행동해야만 한다.

쭉, 그 생각을 해왔다.

그저, 답을 찾지 못했을 뿐이다.

"……저기."

약간 뒤편에서 걷던 유메가, 갑자기 입을 열었다.

"장래에 뭘 할지, 생각하고 있어?"

뒤편을 힐끔 쳐다봤다.

뭔가를 갈구하듯, 유메는 내 얼굴을 올려다보고 있었다.

"갑자기 무슨 소리를 하는 거야?"

"아까 아빠가 그런 걸 물어봤잖아. 그래서, 너는 어떤지 궁금해서……."

옆쪽으로 시선을 돌린 나는 밤하늘을 올려다봤다.

입에서 흘러나온 숨결이, 추위 탓에 하얗게 얼어붙었다.

"모르겠어."

하얀 숨결이 밤의 공기에 녹아드는 것을 올려다보며, 나는 말했다.

"솔직히 말해 지금 하는 일이 너무 재미있어서, 미래 같은 건 아무래도 상관없다는 생각이 들어."

"……지금 하는 일?"

"이사나의 재능을, 이끌어주는 거야."

이제까지의 망설임이 거짓이었던 것처럼, 자연스럽게 마음을 털어놨다.

"걔는 진짜로 재능이 있어. 본격적으로 시작하고 2주밖에 안 됐는데, 하루가 다르게 성장하고 있어. 인터넷에서도 서서히 이름이 알려지는 중이지. 그게 너무 기쁘고, 재미있어서, 못 참을 지경이야."

일러스트 SNS에 고정 팬이 생기기 시작하자, 트위터에도 계정을 개설했다.

팔로워 숫자는 아직 얼마 안 되지만 꾸준히 늘어나고 있으며, 첫 일러스트에는 『좋아요』가 100개 이상 붙었다.

눈에 보이는 결과를 접한 나는 명확한 성취감과 흥분을

느꼈다.

"내가 이 정도로 뭔가를 『하고 싶다』고 생각한 건, 처음이야."

쭉, 자기 자신을 찾듯이 책을 읽어왔다.

하지만 아무리 타인의 인생을 흡수해도, 내 안에서 샘솟는 것이 없었다.

그런 내 안에서, 처음으로 소망이 샘솟았다.

히가시라 이사나가 어디까지 갈 수 있을까. ―그것을 알고 싶다고, 내 마음이 외치고 있다.

"그러니― 아직 확정된 건 아니지만 거기에 도움이 되는 길에 있다면, 교토 대학에 안 갈지도 몰라."

나는 가능한 한, 가벼운 말투로 말했다.

"네 진로는 교토 대학이지? 라쿠로 출신에, 전교 1등이며, 학생회 임원이기까지 하니까, 거의 그 노선으로 확정된 거나 마찬가지잖아. 어쩌면 그때는 다른 대학교에 다니게 될지도 몰라. ―드디어 말이지."

나는 농담 투로 그렇게 말하며 웃음을 터뜨렸다.

애초에 유메와 다른 학교에 다니기 위해 지금의 고등학교에 진학했다. 하지만 서로가 같은 생각을 한 바람에, 이렇게 되고 말았다.

지금은 다른 생각을 하고 있으니, 당연히 다른 대학교에 진학하게 될 것이다.

2년 후의, 먼 미래의 일이지만 말이다.

폭넓은 선택지를 지닌 그녀와, 선택지가 정해져 있는 나는, 같은 길을 걸을 수가 없다.

—아아.

좋든 싫든, 이해했다.

납득하고 말았다. 수긍하고 만 것이다. 어쩔 수 없는 일이란 사실을, 나는 깨닫고 말았다.

순순히 이해했다는 것이 증명하고 있다. 케이코인 씨가 한 말이 올바르다는 사실을…….

내 행복의 형태는, 이미 정해져 있다.

나는 이미, 사명을 지니고 말았다.

나에게는 유메를 좋아한다는 감정을 품고 있지만, 그녀와 성공적인 가정을 꾸리겠다는 열의가 없다.

잠시만 더 이대로…….

그렇게 소망한 이유를, 자연스럽게 깨달았다.

더 나아갔다간, 깨닫고 말기 때문이다. —내가, 유메를 행복하게 해줄 수 없다는 사실을…….

얼어붙은 숨결이 녹았다.

그와 동시에, 어린애의 꿈도 사라져갔다.

신이 준비한 함정에, 우리는 농락당했다.

하지만, 이제 와서 확실해졌다.

우리는 서로에게 있어, 운명의 상대가 아니다.

"—싫어."

오른손을 잡혔다.

차갑게 얼어붙었던 가느다란 손가락이, 어린애처럼 내 손을 움켜잡았다.

"싫어. 그런 건…… 싫어."

어린애 같은 말이었다.

하지만, 또렷한 말이었다.

유메는 필사적인 표정으로, 내 눈을 응시했다.

"나와, 함께가 아니라면…… 싫어."

"너……."

그것은, 결정적인 말이었다.

이제까지 농담으로 포장하며, 의미심장하게 얼버무렸던 것에, 결정적인 의미를 부여하는 발언이었다.

하지만, 유메는 고개를 세차게 저었다.

"말 안 해. 절대로 말해주지 않을 거야. 이번에는…… 네가, 해줘야만 해."

전에도, 그녀가 말했었으니까…….

"그러니까……."

유메는 내 팔을 온 힘을 다해 끌어안더니, 나를 향해 차가운 숨결을 토하듯, 코앞에서 말했다.

"절대로…… 안 놓칠 거야."

제3장 **번뇌 전쟁**

아소 아이사 ◆ 각오라면 진작에, 했다

작전은 성공했다.

선배를 만날 때마다 서서히 패드 숫자를 줄였고, 드디어 오늘 그 숫자가 제로에 이르렀다.

브래지어는 가슴을 모아줘서 크게 보이는 타입을 입었지만 말이다.

아무튼 오늘에 이르기까지, 선배가 내 가슴 크기에 위화감을 느낀 적은 없었다.

그리고, 이날의 데이트 막바지에…….

드디어, 운명의 순간이 찾아왔다.

"……우리 집, 들렀다 가지 않을래?"

서툴고, 퉁명하며, 흑심이 훤히 드러났다.

남 말할 자격은 없다. 나 또한, 흑심으로 머릿속이 가득 차 있으니 말이다.

"……그럼, 실례할게요."

허락을 받고 들어간 선배의 방은 의외로 깔끔하게 정리되어 있었다.

사귀기 전에 와본 적이 있기는 하지만, 그때는 더 어지럽혀져 있었던 걸로 기억한다. ……준비, 해준 것이리라.

"왠지 정리 좀 한 것 같네요? 웬일이래요?"

"시끄러워."

평소처럼 놀리고, 평소처럼 대꾸하며, 평소처럼 웃음을 흘렸다.

갑자기 그렇고 그런 분위기를 낸다면 발정이라도 난 것 같아 부끄러울 것이다. 그래서 나와 선배는 평소와 다름없는 태도를 유지하려고 노력했다.

그러는 사이, 서서히 둘 사이의 거리가 좁혀지더니…….

침대 위에 놓은 내 손에, 선배의 커다란 손이 포개졌다.

"……아."

두근, 하며 가슴이 크게 뛰었다.

나는 폭발할 것만 같은 심장 소리를 들으며, 용기를 쥐어짜 내서 선배의 가슴에 살며시 몸을 기댔다.

그러자, 상냥하게 어깨를 잡혔다.

나는 거기에 답하듯 고개를 들어서 한동안 시선을 맞춘 후—.

—서로를 살피듯 천천히, 입술을 포갰다.

"……으응."

첫 키스는, 사귀기 시작한 후의 첫 데이트 때 마쳤다.

학생회 멤버들과 패드 줄이기 작전을 논의하기 전이다.

평소처럼 놀리고 있을 때, 선배는 입을 막으려는 것처럼 내 입술을 빼앗았다. 입술을 떼고 얼이 나간 나에게 『너, 이런 걸 좋아하지?』 하고 말한 선배는 부끄러워하며 눈길을 사방팔방으로 돌렸다. 정말, 나에 대해 참 잘 알고 계셨다. 느끼한 짓을 하고 부끄러워하는 그런 풋풋한 면도 포함해, 정신이 나가버릴 정도로 선배가 좋아졌다.

이 키스는 다음 단계다.

서로의 몸에 손을 대는 것을 허락하고, 인정하며, 받아들이는, ……그런, 의식.

기나긴 키스의 끝은, 마음의 준비가 끝났다는 신호다.

"……."

"……."

정적 속에서 심장 소리만이 울려 퍼지는 가운데, 나는 좌우로 눈을 돌리면서도 딱딱하게 굳은 손을 억지로 움직여서 블라우스의 가장 윗단추를 풀었다.

그리고 손을 내린 후, 자기 몸을 선배에게 맡겼다.

선배는 내 의도를 눈치챈 건지, 투박한 손가락으로 단추를 하나하나 풀었다.

블라우스의 앞섶이 벌어지면서 브래지어만 걸친 상반신을 선배에게 보여주게 되자, 뇌가 펄펄 끓는 것처럼 달아올랐다.

나를 지키듯 감싸고 있는 천을 선배가 하나하나 벗겨냈다.

마치 그게 신성한 작업처럼 느껴졌다. 나라는 존재와 선배라는 존재를 이어주는, 그런 상징 같은 작업…….

그것은 브래지어의 후크가 풀리는 소리에, 클라이맥스를 맞이했다.

끈이 어깨에서 흘러내리더니, 팔뚝을 지나 팔꿈치 아래로 흘러내렸다. 나는 심호흡을 크게 한 번 한 후, 가슴을 감싼 손을 떨면서 내렸다.

그러자, 브래지어가 침대 위로 흘러내렸다.

선배는 눈을 살짝 치켜뜨더니, 숨을 삼켰다.

나의 실오라기 하나 걸치지 않은 숨김없는 모습이, 선배의 눈앞에 펼쳐졌다.

"저, 저기, 선배……."

이 상황에 이르러놓고, 내 입에서 변변찮은 변명이 흘러나왔다.

"가…… 가슴은, 브래지어를 벗기면, 좀 작아 보이니까, ……저기……."

"아냐."

선배는 당황한 듯이 부정의 말을 입에 담더니, 곧 도망치듯 시선을 돌렸다.

"아름다워, 하고 말하는 것도 좀 기분 나쁠까 싶어서…… 미안해."

—아아. 이 사람은, 정말…….

키도 크고, 여자 한둘 정도는 얼마든지 가지고 놀 수 있을 것처럼 생겼지만, 동정이라니깐.

아무리 좋아하게 되어도, 성에 차지 않을 정도다.

"……선배?"

아주 조금이지만 여유를 되찾은 나는 심술궂은 웃음을 흘렸다.

"다음은 선배 차례거든요? 만세 해주세요. 만세~!"

"내가 어린애냐……."

긴장 탓인지 평소보다 힘없는 태클을 깔끔하게 무시한 나는 선배의 옷을 벗겼다.

운동부 활동을 하며 단련한 선배의 몸은 군침이 돌 정도로 멋졌다. 단단하면서도 탄력을 동반했다. 아무리 만져도 질리지 않을 것만 같았다.

그 후에는 물론, 마지막 남은 트렁크 팬티에 주의가 쏠렸다.

나 또한, 팬티만 입고 있었다.

나는 선배를 올려다보며, 시선을 교환했다.

각오라면 이미, 했다.

마지막 한 장은 서로가 직접 벗었다. 우리는 침대 위에서, 서로의, 다른 데서는 절대 볼 수 없는 연인의 모습을, 몇 분 동안 응시했다.

선배는, 알몸이다.

나도 알몸이다.

……에헤헤. 이게 뭐야.

머릿속을 마비시키는 듯한 흥분의 폭풍에도, 시간이 흐르자 조금은 익숙해졌다. 그러자, 왠지 이 상황이 재미있게 느껴지기 시작했다.

나는 머뭇머뭇 선배와 몸을 밀착시켰다. 평소에는 닿지 않는 부분이 닿으면서, 간지럼과 함께 온기가 느껴졌다. 그게 기쁜 나머지 웃음을 흘린 나는 선배에게 키스했다. 그런 선배가 나를 끌어안자, 나는 선배의 품속에 쏙 들어갔다.

그렇게 한동안, 어린애가 서로를 간지럽히듯 침대 위에서 노닥거렸다.

이윽고 정신을 차려보니 나는 침대에 드러누워 있었고, 선배는 그런 나와 몸을 맞대고 있었다.

선배의 눈동자에, 나만이 비쳤다.

내 눈동자에도, 분명 선배만 비칠 것이다.

"저기, 그거, 있나요……?"

머뭇거리며 묻자, 선배는 말없이 고개를 끄덕이면서 테이블을 향해 손을 뻗었다. 그리고 서랍에서 포장이 뜯어진, 조그마한 상자를 꺼냈다.

아직 어른이 아닌 우리가, 맺어지는 데 필요한 도구.

하지만, 신경 쓰이는 점이 하나 있었다.

그 상자에 손가락을 집어넣는 선배를 올려다보며, 나는 무심코 중얼거렸다.

"열려 있어……."

뚜껑이……. 처음일 텐데…….

"아, 아니, 그게……."

선배는 초조한 표정을 짓더니, 곧 거북한 것처럼 고개를 돌렸다.

"……연습 삼아, 한 개만 써봤어."

나는 입가를 씰룩거렸다.

"선배, 귀여워요."

"어쩔 수 없잖아……."

연습한 보람이 있는지, 준비는 순조롭게 완료됐다.

끼익, 하고 침대가 삐걱거렸다.

내 얼굴의 옆에 손을 둔 선배가 굳은 표정으로 말했다.

"……괜찮, 지?"

물을 필요도 없었다.

"……네."

선배가 조금씩 움직였다.

나는 몸에서 힘을 뺐다.

각오라면 진작에, 했다.

"—으갸아아아아아아아아아아아아아아아아아아아아앗~!!"

하지만 그렇다고 해서, 아프지 않은 건 아니었다.

기말고사가 끝나자, 학교는 보강수업 기간에 들어갔다. 거의 모든 학생에게 있어서는 겨울방학이나 다름없지만, 나를 비롯한 학생회에는 연내에 처리해야만 하는 일이 남아 있었다.

그래서 우리가 평소처럼 학생회실에 모인 가운데, 아소 선배가 약간 뒤늦게 모습을 보였다.

"다들, 안녕."

처음에는 『평소보다 좀 얌전하네』라고 생각했다.

하지만 그녀의 표정과 몸짓에서 느껴지는 요염한 분위기를, 다들 서서히 눈치채기 시작했다.

나는 아스하인 양과 얼굴을 마주했다. 쿠레나이 회장은 언짢은 듯이 미간을 찌푸리며 아소 선배를 노려봤다. 하바 선배는 자기와 상관없는 일이라는 듯이 묵묵히 작업에 임했다.

그리고 아소 선배는, 하염없이 의미심장한 침묵을 이어갔다.

"……잠시 쉬도록 할까."

한 시간 정도는 다들 묵묵히 일을 했다. 하지만 쿠레나이 회장이 휴식을 선언한 순간, 나는 회장과 함께 자리에서 벌떡 일어났다.

그리고 회장과 함께, 아소 선배의 팔을 움켜잡았다.

"어? 뭐야?"

"자."

"집합."

질질 끌고 가듯, 아소 선배를 학생회실에서 끌고 나왔다. 아스하인 양은 머뭇거리며 그런 우리를 쫓아왔다.

여자 화장실에 들어간 우리는 세면대 앞에서 아소 선배를 포위했다.

"할 말이 있으면 빨리 털어놔라. 호시베 선배와 무슨 일이 있었던 거지?"

회장이 단도직입적으로 말했다.

아소 선배는 「응~?」 하며 난처한 듯이 배시시 웃더니, 머리카락을 만지작거렸다.

"딱히 별일 없었어~. 일부러 보고할 일도 아니라고나 할까, 연인 사이에서는 평범한 일이잖아?"

"뭐……!"

"설마……!"

그 말을 들은 순간, 회장과 나는 아소 선배가 무슨 말을 하는 건지 바로 눈치챘다. 아스하인 양 또한 말없이 볼을 붉혔다.

아소 선배는 여유 넘치는 미소를 짓더니…….

"진짜로 별일 아냐! ……그래도 고마워. 전부 너희와 상의한 덕분이야~! 앞으로는 내가 너희를 응원해줄게!"

"정말 기고만장하네요!"

"너는 여자에게 미움받는 데 있어서 천재구나!"

아소 선배는 우월감을 숨기지 않으며 히죽거렸고, 아스하인 양은 얼굴을 새빨갛게 붉혔다.

그건 그렇고, 이렇게 빨리? 사귀기 시작하고 한 달도 안 됐는데! 도움닫기에 시간이 걸린 만큼, 관계의 진전도 빠를 거라던 회장의 예측이 옳았던 것 같았다.

"말은 그렇게 해도~."

아소 선배는 의미심장하게 갸웃거리면서 말을 이었다.

"궁금하지 않아? 어떤 느낌이었는지 말이야……."

나와 회장은 동시에 숨을 삼켰다.

그야 궁금했다. 궁금하지 않을 리가 없다.

하지만 얼마 전까지 나보다 더 그런 쪽으로 어두웠던 아소 선배에게 배우게 되다니—.

"부탁한다면 이야기해줄 수도 있는데~! 부끄럽지만, 부탁이라면 어쩔 수 없잖아~! 부탁까지 하는데 말이지~!"

—배우게 되다니……!!

""부탁드려요…….""

굴욕을 참으며, 나와 회장은 고개를 숙였다.

아소 선배는 「어쩔 수 없네~!」 하며 기쁜 듯이 이야기를 시작했다.

"그게, 뭐랄까, ……한마디로 말하자면, 따뜻했다, 일까?"

"따뜻해?"

"사람의 온기라고 할까? 그것에 온몸이 감싸이면서……. 평

소에는 닿지 않는 부분이 닿으니까, 닿아도 되는 거야?! 같은 특별한 느낌이 밀려오는데……. 흥분되는데도 안심이 되는 듯한, 신기한 느낌이 참……. 에헷. 미안해. 얼굴이 히죽거리네."

아소 선배는 행복해 죽겠다는 듯이 헤실헤실 웃었다. 아까는 무심코 울컥했지만, 저 표정을 보니 솔직한 마음으로 축하해주고 싶어졌다.

"그래서?"

회장은 재촉하듯 말했다.

"처음에는 아프다고 하던데, 너는 괜찮았어?"

"그게 말이야~. 그러, 니, 까……."

……태도가 이상해졌다.

갑자기 시선이 흔들리기 시작한 아소 선배를 본 쿠레나이 회장은 눈을 가늘게 뜨며 웃었다.

"자, 아이사. 이제까지 이것저것 다 상의한 사이잖아. 고베에서 무사히 선배와 사귀게 된 게 누구 덕분이라고 생각하지?"

"여러분 덕분이에요……."

"그럼, 의무가 있지 않으려나? 정확하게 보고해야 하는 의무 말이지."

"으으으으……."

아소 선배는 흐느끼는 것처럼 손으로 얼굴을 감쌌다.

그리고 기어들어 가는 목소리로 실토했다.

"너무 아파서, 돼지 멱따는 듯한 비명을 질렀어요……."

""""아아~.""""

아스하인 양까지 함께 『이 인간, 사고 쳤네』라는 분위기를 자아냈다.

아소 선배는 울상을 지으며 고개를 들었다.

"그딴 건 무리야! 너희도 마찬가지일걸?! 틀림없어!"

"누구를 길동무로 삼든 간에, 네 첫 체험의 추억은 이미 바꿀 수 없다. 받아들이도록."

"아아…… 그런 소리 하지 마……! 꿈이 무너지는 소리가 들려……!"

현실이란 것은 순정만화처럼 풀리지는 않는 것 같았다.

딱히 그렇고 그런 짓을 할 예정이 있는 건 아니지만, 나도 좀 무서워지기 시작했다.

"그래도 네가 내 예상대로의 얼간이라 조금 안심인걸."

"숫처녀한테 그딴 소리 듣고 싶지 않거든?!"

쿠레나이 회장은 표정을 굳히며 입을 다물었다. 아소 선배, 최강의 반론 단어를 손에 넣었구나.

아소 선배는 「우엥~!」 하고 흐느끼며 아스하인 양의 품에 안겨들었다.

"나도 기특하게 고통을 참고 싶었어~! 하지만 진짜로 아팠단 말이야~!"

"그게 어느 정도의 고통인지는 모르지만 출산 때는 더 아프대요, 선배."

아스하인 양이 인정사정없이 정론을 들이밀자, 「우엥~!」, 「끼약~!」으로 변했다.

좀 안 되었다고 생각한 건지, 쿠레나이 회장은 배려심 어린 표정을 지으며 아소 선배의 어깨를 두드렸다.

"그래도 호시베 선배가 신사적이라 다행인걸. 네가 아파하는 걸 보고 멈춘 거지?"

"……응."

「괜찮아요」 하고 나도 이어서 말했다.

"얼마나 비명을 지른 건지는 모르겠지만, 호시베 선배라면 그 정도 일로 아소 선배를 싫어하진 않을 거예요."

"……응."

아소 선배는 아스하인 양의 조그마한 몸을 꼭 끌어안더니, 그녀의 머리를 쓰다듬었다.

그리고 이렇게 말했다.

"그 후에 한 시간 정도 꼭 안아주면서, 나를 달래줬어……."

""""…….""""

위로 분위기가 순식간에 사라지고 말았다.

"자, 해산."

"이제 그만 돌아가서 일하죠, 회장님."

"선배도 빨리 따라와요."

"어?! 다들 너무 매정한 거 아냐?! 어째서야~?!"

결국 애정 과시인 거냐.

이리도 유메 ◆ 사인

하지만…….

아소 선배에게 좀 물어보고 싶은 게 있었다.

"……저기, 선배."

"응~? 왜? 유메찌?"

여유로운 분위기가 사라진 아소 선배에게, 나는 하교 도중에 몰래 말을 걸었다.

이 복도에 아무도 없다는 것을 확인한 후, 나는 낮은 목소리로 말했다.

"(선배에게 물어볼 게 있는데요…….)"

"호오~?"

아소 선배는 눈을 반짝이면서, 목소리 볼륨을 나에게 맞췄다.

"(……음란한 이야기려나~?)"

"(……일단은요.)"

"어디 말해보도록!"

목소리가 너무 커서 당황한 나는 「쉿~!」 하며 검지를 세웠다.

길 한복판에서 할 이야기가 아니기에, 우리는 복도 구석으로 이동했다.

"……저기, 말이죠. 선배."

"응. 왜?"

내가 우물쭈물하며 말을 잇지 못하자, 아소 선배는 아까와는 다르게 후배를 잘 돌봐주는 선배 같은 모습을 보였다. 그녀의 상냥한 목소리에 등을 떠밀린 나는 용기를 내서 입을 열었다.

"어떻게…… 유혹한 거예요?"

"뭐?"

"그러니까, 저기…… 호시베 선배와, 그런 걸 하는 분위기를…… 어떻게 만든 건가, 궁금해서……."

"흐음~?"

아소 선배는 전부 눈치챈 것처럼 옅은 미소를 머금었다.

"그런 걸 할 예정이 있구나?"

"아니, 그렇지는 않아요……! 하지만, 어떻게 상대방을 그런 마음으로 만든 건지, 궁금해서……."

"오호라, 오호라, 오호라~? 오케이, 오케이, 완전히 이해했어. 유니콘적으로는 복잡한 심경이지만, 귀여운 후배의 부탁이니 어쩔 수 없네!"

아소 선배는 믿음직하게 가슴을 펴더니…….

"하지만 나는 선배의 유혹에 응했을 뿐이야!"

"아……."

"실망하지 마. 정확하게는 『유혹하게 만들었다』니까! 『유혹하게 만들었다』!"

아소 선배는 불만을 드러내듯 입술을 뾰족하게 내밀었다.

"선배는 사귀기 시작한 후로 꽤 적극적이었지만, 그래도 내가 오케이 사인을 보내지 않았다면 더 시간이 걸렸을 거야!"

"오, 오케이 사인이라고요……?"

"뭐, 상황에 따라 방법이 다르긴 한데~ 내가 쓴 건 덮치게 만드는 방식이야."

"덮치게 만든다고요……?"

바로 이해가 안 되어서 고개를 갸웃거리자, 아소 선배는 「어떻게 설명하면 좋을까~」 하며 신음을 흘렸다.

"예를 들자면, 이렇게 같이 걷는다고 쳐."

"네."

아소 선배는 내 옆에 섰다.

"그러면 은근슬쩍, 손등을 맞대는 거야."

선배의 손등이, 내 손등에 살짝 닿았다.

"이걸 몇 번이나 반복하면, 유메찌는 어떻게 생각할 것 같아?"

"『손을 잡고 싶은 걸까?』 하고 생각할 것 같아요."

"맞아! 이게 사인의 일종이야. 자기가 직접 손을 잡는 것과는 느낌이 다르지?"

확실히……. 상대에게 마음을 넌지시 비춘다고나 할까, 의도를 전하는 느낌이다. 생각해보니 커플이었던 시절에 비슷한 짓을 한 적이 있는 것도 같았다.

"즉, 『만져도 되거든?』이라고 말이 아니라 행동으로 전하는 거야. 지금은 손이라 비교적 건전하지만 목덜미나 허벅지, 혹은 가슴이라면—."

"에로틱……!"

"그렇지? 그렇지?"

아소 선배는 우쭐대듯 코웃음을 쳤다.

"『만져도 돼』 사인 말고도 『봐도 돼』 사인도 있어. 좀 노골적이지만 『더워~』라고 말하며 앞섶을 벌리는 거지."

"왠지 알 것 같아요……! 여자애가 당연히 쳐두는 울타리를, 일부러 개방하는 거네요!"

"맞아. 그리고 평소와는 차이를 두는 편이 좋아. 항상 그러면 그냥 발랑 까진 여자거든."

나는 미즈토와 살기 시작한 직후에 일어났던 일을 떠올렸다.

내가 목욕수건만 걸치고 미즈토를 유혹했던, 바로 그때—생각해보면 그때야말로 우리가 가장 선을 넘을 뻔한 순간이었다는 생각이 들었다.

한편 미즈토가 목욕을 하는 욕실에 난입했을 때는, 그도 오기를 부렸던 것 같은 느낌이 들었다. 그때는 좀 과했던 걸까.

어디까지나 은근슬쩍, 그러면서도 명백한 사인을 보낸다.

그럴 수만 있다면—.

"즉, 전에 말했던 소악마 무브와 같아! 좋아하는 사람한테

만 해줄 수 있는 걸 하는 거야! 단, 이번에는 낯빛을 숨기지 마! 호의적인 분위기를 온몸으로 뿜어! 알았지?!"

"네! 그런데 선배, 하나만 물어봐도 돼요……?"

"응?"

"상대가 은근슬쩍 보내는 사인을 눈치 못 챌 만큼 둔감할 경우에는 어쩌면 좋죠?"

"그때는~."

아소 선배는 아메리칸 스타일로 과장되게 두 손을 벌리더니, 어깨를 으쓱했다.

"옷 벗어 던지고 확 덮치는 수밖에 없지 않을까?"

이리도 미즈토 ◆ 억압은 비약의 요람

—절대로 안 놓칠 거야…….

유메가 그 선언을 한 후로, 하루가 지났다.

그녀의 눈에 어려 있던 결의, 그 말에서 배어 나오는 각오, 그 모든 것이 생생하게 눈에 새겨져 있었다. 하지만 유메는 집에 돌아온 후로 아무것도 하지 않았으며, 오늘은 오후부터 학생회 업무를 봐야 한다며 학교에 가버렸다. 결국 나는 이도 저도 아닌 상태가 됐다.

그런 상태인 나는 오늘도 이사나의 집을 찾았다.

"또 그림을 완성했으니까, 봐주세요!"

그렇게 말하며 나를 부른 것이다. 일러스트를 보는 건 스마트폰으로도 가능하지만, 히가시라는 가까이에서 내 반응을 보는 것을 즐기는 듯했다.

"그건 그렇고 빠르네. 지난번 그림을 완성하고 아직 이틀밖에 안 지났잖아?"

"에헤헤~. 시험 끝난 해방감에 빠져서……. 세 장이나 그렸어요."

"세 장?!"

하루에 한 장 반씩 그린 건가? 기세를 타는 데도 정도라는 게 있다고. 게다가 전부 컬러 일러스트다. 물리적으로 가능한 일일까.

아무튼 나는 어질러진 바닥에 책상다리를 하고 앉은 후, 넘겨받은 태블릿을 봤다.

첫 그림은 아침에 나갈 준비를 하는 여자애의 그림이었다. 머리카락을 묶으면서 이쪽을 돌아보고 있다. 자기 자신을 참고자료로 삼아서 그런지 글래머를 많이 그리지만, 어찌된 건지 이 애는 가슴 크기가 조신했다. 고양이의 시점인 걸까? 앵글이 꽤 낮았으며, 반바지의 옷자락 사이로 속옷이 언뜻 보였다.

두 번째 그림은 옷을 갈아입고 있는 세일러복 차림 여자애의 일러스트였다. 하의는 아까 그림과 마찬가지로 체육복 반바지였으며, 걸치고 있던 블라우스를 목 언저리까지 걷어 올린 상태였다. 세세하게 그려진 흰색 브래지어가 훤히 드러나 있었다.

세 번째 그림은 속옷 차림의 여자애가 침대에 드러누워서 스마트폰을 만지작거리고 있는 일러스트였다. 교복이 바닥을 굴러다니고 있는 것을 보면, 옷 갈아입는 도중에 만사가 귀찮아진 것 같았다. 브래지어와 팬티도 매우 세세하게 묘사되어 있었다. 그 부분은 프로 뺨치는 수준이었다.

"어떤가요~? 전부 귀엽게 그려졌죠~?"

이사나가 방긋 웃으며 묻자, 나는 고개를 끄덕였다.

"그래. 네가 시험 기간 동안 어마어마하게 욕구불만이었다는 걸 잘 알겠어."

"어어엇?!"

어떻게 알았지?! 라는 듯이 이사나가 얼굴을 새빨갛게 붉혔다.

나는 도끼눈으로 그녀를 쳐다보며 말했다.

"처음에는 노출을 자제했지만, 점점 욕망을 억누를 수가 없었던 거지?"

"그, 그게…… 모처럼 그렸는데, 옷으로 가리는 게 아까워서……."

이사나는 캐릭터를 그릴 때, 우선 알몸 상태를 그린 후에 속옷과 옷을 차례차례 그려 넣는 방식을 쓴다.

이 방식 자체는 부자연스럽지 않으며, 인체를 그리는 기본

적인 방식이라 할 수 있다. 하지만 이사나는 때때로, 공개하지 않는 전라 상태에 비정상적으로 힘을 쏟을 때가 있다. 자기가 여자라 그 전라가 실감 넘치는 데다, 나에게 그걸 보여주며 히죽대기까지 하는 것이다.

이번에는 겨우겨우 속옷을 보여주는 선에서 참은 것이리라……. 이 그림도 일러스트 애플리케이션으로 『속옷』 레이어를 없앤다면, 모자이크나 검은 줄이 없는 위법 일러스트로 돌변하겠지…….

"……뭐, 충동을 작품에 쏟아내는 것도 재능이라고 케이코인 씨도 말했잖아. 그리고 너, 속옷을 그리는 게 갑자기 능숙해진 것 같네."

"제 속옷을 뚫어지게 관찰하며 그렸거든요! 세세한 무늬는 등록해둬서, 세 번째 일러스트를 그릴 때는 금방 완성했어요~."

……자기 속옷을 관찰한 거냐.

나는 두 번째 일러스트에 그려진, 화려한 꽃무늬 브래지어를 쳐다봤다.

이런 것을 입는다는 말일까? 이제 와서 하는 말이지만, 얘는 부끄럽지 않은 걸까.

"개인적으로는 팬티의 주름에 주목해줬으면 해요! 세 번째 일러스트의 엉덩이 부분은 실제로 같은 포즈를 취한 후에 열심히 사진을 찍어서—."

“하아~ 이제 됐어! 속옷을 잘 그리게 됐다는 건 알았다고!”

뭔가에 열중할 때 수치심 같은 게 다 사라지는 걸 보면, 이 애는 원래부터 크리에이터가 적성에 맞았던 걸지도 모른다.

하지만 같은 포즈를 취한 이사나가 눈앞에 어른거리는 점을 제외하면, 속옷 차림 여자애를 그린 세 번째 일러스트에서는 독특한 정취가 느껴졌다.

“이 그림, 속옷 차림인데도 그다지 에로틱하지 않네.”

“어? 그런가요?”

“에로하고 말고를 떠나서, 생활감이 느껴진다고나 할까……. 『미소녀 캐릭터』라기보다 『여자애』 일러스트라는 느낌이 들어. 이런 걸 생동감이 넘친다고 하는 걸까…….”

“그야, 실제로 제가 이런 느낌이니까요. 학교에서 돌아오면, 교복을 벗어 던지고 속옷 차림으로 데굴거려요.”

“자기가 모델인 거냐.”

“저는 속옷 상하의가 다른 색깔일 때가 많지만요. 그래도 색깔을 맞추는 편이 보기 좋아 보여서 그렇게 그려봤어요! 하지만 안 맞추는 것도 나쁘지 않긴 해요~. 고민되네요…….”

자기 자신을 모델로 삼을 수 있다는 건, 여성 작가가 지닌 커다란 메리트다. 그렇게 생각하면, 남자 오타쿠 같은 멘탈을 지녔으면서 여자애이기도 한 이사나는, 미소녀 일러스트를 그리는 데 있어 최강의 자질을 갖췄다고 말할 수 있을지도 모른다.

"너, 남자를 그릴 수 있어? 이제까지 그린 건 전부 미소녀 일러스트였잖아."

"네? 안 그리는데요."

못 그린다가 아니라 안 그린다, 인가.

"미남이 잔뜩 나오는 작품에 빠진 적이 없거든요……. 남자를 그리려면, 본보기가 필요할 거예요."

"본보기라니……."

이사나는 히죽거리며 나를 손가락으로 가리켰다.

"인체 구조를 잘 이해하려면, 누드 데생이 필수 불가결하니까요."

"안 해, 멍청아! 그리고 나의 빈약한 몸을 모델로 삼아봤자 도움이 안 될 거라고."

"오히려 그래서 좋다고요. 평범한 고등학생인 주인공의 몸이, 어찌 된 건지 날씬 근육남인 사태를 피할 수 있을 거예요."

"날씬 근육남이라도 괜찮잖아……. 히로인이 별 이유도 없이 슬림한 것과 마찬가지야."

"괜찮잖아요! 마감을 지킨 상도 아직 못 받았으니까요!"

큭…… 그러고 보니 그런 이야기를 했었지…….

"언젠가 유메 양에게 허가를 받을 테니까, 그때는 잘 부탁해요!"

"왜 내 몸의 소유권이 걔한테 있는 거냐고……."

"뭣하면 유메 양에게도 동석해달라고 할까요? ……아, 역시 무리일지도 모르겠네요. 누드 모델은 반응하면 안 되는 것 같거든요."

"무슨 반응을 말하는 건데. 딱 잘라서 말해봐."

"그야 물론…… 우헤헤. 뭐, 보여준다면 저야 무지무지 좋지만요~."

"징그러워……."

성별이 반대라면, 직업을 잃을 수도 있는 수준의 성희롱 발언이라고.

애초에 전 여친과 여덟 달 넘게 동거하고 있는 내가, 그런 문제를 함부로 일으킬 리가 없잖아. 얕보지 말라고.

이리도 미즈토 ◆ 경보

해 질 녘에 집에 돌아가 보니, 교복 차림인 유메가 거실의 코타츠에 들어가 있었다.

"어서 와."

"……다녀왔어."

당연한 듯이 인사를 나누고 있지만, 어제 그 말은 대체 무슨 의미일까.

자기 입으로는 말해주지 않겠다, 하고 유메는 말했다. 그 말이 의도하는 바는 명확했다. 언제부터? 그 또한 명확했다. 시골에서, 함께 불꽃을 본 바로 그때—.

하지만, 그녀는 아무 일도 없었던 것처럼 코타츠 안에서 몸을 녹이고 있었다. 유메가 지금 무슨 심경인 건지, 전혀 종잡을 수가 없었다.

"왜 아직도 교복 차림인 거야?"

속내를 캐보려고 그렇게 묻자, 유메는 귤을 손에 쥐며 대답했다.

"방이 추워서 말이야. 좀 훈훈해질 때까지만…… 하고 생각했는데, 이제 못 나가겠어."

"우등생답지 않은 발언인걸."

"나도 옷 갈아입는 게 귀찮을 때가 있거든?"

옷 갈아입는 게, 귀찮다…….

아까 본, 속옷 차림 여자애의 일러스트를 떠올리고 말았다.

"너도 들어올래?"

그렇게 말한 유메는 자기 다리를 덮고 있는 이불을 들어 올렸다. 치마 아래로 뻗은 다리는 애용하는 타이츠를 벗었으며, 새하얀 허벅지가 어렴풋이 보였다. 주위를 둘러보니, 그녀의 타이츠는 뒤편에 있는 소파에 아무렇게나 내던져져 있었다.

"……됐어."

평소에는 몸가짐과 행실이 바르지만, 오늘은 의외로 무방비했다…….

"나는 갈아입을 필요가 없거든."

"실내복이라는 개념 자체가 없잖아."

"이사나의 집에 가는데 차려입을 필요가 어디 있냐고. 걔는 심할 땐 셔츠 한 장만 걸치고 있어."

"나도 비슷한 옷차림을 할 때가 있어. 방 안에선 말이야."

거짓말이지……? 얘가, 이사나와 비슷한 옷차림을……?

유메는 의미심장하게 빙긋 웃었다.

"보러 올래?"

"……진짜로 가면 화낼 거잖아."

되받아치려는 의도로 한 말이지만, 유메의 미소는 무너지지 않았다.

"너라면, 괜찮아."

—이건 함정이다.

잘은 모르겠지만, 함정이 틀림없다.

"……지난번처럼, 코타츠에서 잠들지나 마."

나는 전략적 후퇴를 선택했다.

거실에서 나와 계단을 올라간 후, 자기 방으로 향했다.

쟤가 왜 저러는 거지.

망설임이 느껴지지 않았다. 브레이크를 밟지 않았다. 자의식을 내다 버린 것만 같았다.

이게, 어제 말했던 『안 놓칠 거야』의 의미인가?

……아니, 진정하자. 어차피 평소와 다를 게 없다. 이런 일을 이 여덟 달 동안 몇 번이나 있었다. —결국은 유혹 놀이

에 지나지 않는다. 그녀에게 나를 농락할 근성과 기술이 없다는 건, 누구보다도 내가 가장 잘 안다.

하지만— 왜.

왜 이렇게, 가슴이 술렁거리는 걸까—.

이리도 미즈토 ◆ 선제 기습

저녁 식사를 마친 나는 방에 있는 컴퓨터로 이사나의 트위터를 체크했다. 세 장 중 첫 번째 — 나갈 준비를 하는 여자애 — 의 일러스트를 올렸는데, 이제까지보다 각종 숫자가 빠르게 상승하고 있었다. 특히 『좋아요』의 숫자가…… 벌써 100개를 넘었다. 팔로워도 눈에 띄게 늘어났다.

역시 야한 그림은 효과적이네……. 이사나가 의욕을 보이기도 하지만, 본격적으로 그런 그림을 주로 그리려면 나이상 2년 정도 기다려야 할 필요가 있잖아.

이대로 가면, 세 번째 일러스트를 올렸을 무렵에는 팔로워가 꽤 늘어날지도 모른다. 그 늘어난 팔로워에게, 어떤 식으로 다가갈까……. 존귀함으로 갈까, 에로틱으로 갈까. 수요를 생각하면 에로틱이지만, 이사나는 자기 성격과 다르게 존귀한 일러스트 쪽에서 가장 센스를 발휘하는 듯한 느낌이 드는걸…… 수요와 자질. 고민되는 문제다…….

그런 생각을 하고 있을 때, 스마트폰에 전화가 왔다.

누구지. 이사나일까?

확인해보니, 유메였다.

……어? 걔는 지금, 목욕을 하고 있을 텐데…….

"여보세요."

『빨리 좀 받아.』

목소리가 울렸다.

이 애는 왜 욕실 안에서 나한테 전화를 한 거지?

"무슨 일이야?"

『린스가 떨어져서 그러는데……. 새것 좀 가져다주면 안 돼?』

"왜 나한테 부탁하는 거야? 그런 건 유니 씨한테 부탁—."

『가져다주기나 해!』

그렇게 말한 유메는 일방적으로 전화를 끊었다.

대체 뭐야……. 일부러 전화를 걸어서 거절하는 것도 귀찮으니, 가져다주기로 할까.

나는 1층으로 내려간 후, 탈의실의 선반에서 유메가 쓰는 린스를 찾았다. 그 빌어먹게 긴 머리카락을 손질하려면 대량의 린스가 필요한 건지 대량으로 준비해두기에, 그걸 두는 장소는 예전부터 눈에 들어왔다.

나는 그것을 욕실의 불투명 유리문 앞에 뒀다.

"여기 둘게~."

욕실 안을 향해 그렇게 말한 후, 빨리 이 자리를 벗어나자고 생각한 바로 그때였다.

드륵, 하며 욕실의 문이 열렸다.

10센티미터 정도였다.

그리고 그 틈으로, 유메가 얼굴을 내밀었다.

젖은 머리카락이, 물방울이 맺힌 어깨에 달라붙어 있었다. 어깨 아래는 문에 가려 있었기에, 불투명 유리에는 곡선적인 실루엣만이 비쳤다.

무심코 입을 쩍 벌린 나를 올려다보며, 유메는 말했다.

"고마워."

젖은 손을 틈새로 뻗어서 린스 병을 쥐더니, 다시 욕실 문을 닫았다. 유메의 실루엣이 멀어지면서 윤곽이 옅어지더니, 샤워 물소리가 들려오기 시작했다.

심장이 미친 듯이 뛰었다.

완벽한 기습이었기에, 어쩌면 목욕 도중에 그녀가 들어왔을 때보다 더 심장이 쿵쾅대고 있는 걸지도 모른다.

이리도 미즈토 ◆ 공격

『조심해—!! 이건 적의 스탠드 공격이야—!!』

이사나가 추천해준 애니메이션에서, 남자가 절박한 표정으로 고함을 질렀다.

그야말로, 이것은 공격이었다.

명백하지는 않다. 확정적이지는 않다. 어디까지나 은근슬

쩍, 확연하게 드러나지 않는 형태로, 나는 공격을 받고 있다.

정말 교활하기 그지없다.

전 여친과 한 지붕 아래에서 산다고 하는 이 비정상적인 환경에서, 내가 얼마나 이성적으로 행동해온 건지 알긴 하는 걸까. 이제 와서 그런 식으로 몇 번 건드린다고 해서 흔들릴 내가 아니다. 그러니 내가 웬일로 애니메이션을 보고 있는 건, 소설의 문장이 머리에 들어오지 않아서가 아니다.

나는— 유메를, 행복하게 해줄 수 없다.

유메만이 아니다. 나는 근본적으로, 연애에 적성이 없다고 생각한다.

중학생 때는 그나마 나았다.

적당히 무분별하고, 적당히 미성숙했으며, 괜한 생각에 사로잡히지 않은 채 연애 감정에 빠져들 수 있었다.

하지만, 지금의 나는 연애보다 훨씬 재미있는 것을 알고 말았다.

그것을 위해 자신의 다른 감정을 간단히 버릴 수 있는 사람이란 것을, 명확하게 자각하고 있다.

하다못해, 의붓남매만 아니라면— 고등학생에게는 버거운, 장래 같은 건 생각하지 않아도 됐을 것이다.

하지만, 현실의 우리는 가족이다.

좋아한다고 해서, 그것을 관둘 생각도 없다.

그것은 언젠가 우리의 관계를 부모님에게 밝혀야 한다는

의미이며, 또한 우리는 평범한 고등학생처럼 간단히 헤어질 수도 없다. 마음이 맞지 않는 부부처럼, 이혼한다는 선택지조차 없다.

우리의 관계에는, 아버지와 유니 씨마저도 휘말리게 되고 마는 것이다.

만약 다시 그런 사이가 될 거라면, 각오가 필요했다.

교회에서 맹세하는 것보다 강하고, 프러포즈보다 더 많은 것을 걸어야 하는, 평생을 함께하겠다는 각오 말이다.

그렇게 생각하니, ……나는, 자기 자신을 신용할 수 없다.

이리도 미즈토에게, 이리도 유메를 맡길 수 없다—.

"—아직 깨어 있지?"

문에서 노크 소리가 들려오자, 나는 혼자만의 생각에서 벗어났다.

이미 다음 편으로 넘어간 애니메이션을 멈춘 후, 뒤돌아보았다.

"깨어 있긴…… 한데?"

"들어가도 돼?"

"아니, 밤에는—."

"들어갈게."

결국, 유메는 허락도 없이 문을 열었다.

이제 와서는 눈에 익은 잠옷 차림이었다. 저녁때 말했던 이사나 같은 옷차림은, 당연히 아니었다.

방 안에 들어온 유메가 손을 등 뒤로 돌려서 문을 닫자, 나는 의자에 앉은 채 경계심 어린 눈길로 그녀를 쳐다봤다.

"……밤에는 서로의 방에 들어가지 않는다는 룰 아니었어?"

"괜찮아. 엄마한테 말해뒀거든."

유메는 종이 몇 장을 나에게 보여줬다.

"『미즈토와 기말고사 복습을 할 거야』 하고 말이야. 『가족 중에 동급생이 있으니 참 좋네~』라고 하더라."

무신경하네…….

그만큼 나에 대한 신뢰가 두터운 거겠지만 말이다.

유메는 빙긋하고 우등생 스마일을 지었다.

"전교 1등과 복습을 할 수 있으니 좋지 않아?"

"그래. 2등이라 미안하네."

이사나에게 과외를 해주면서 나름 공부를 했다고 생각했지만, 나는 또 2등을 하고 말았다.

이제는 반드시 1등을 하겠다는 열의 같은 건 없지만, 때때로 유메가 등수를 가지고 우쭐댈 때면 살짝 짜증이 났다.

"나, 국어 과목에서 틀린 문제가 있어. 너는 이번에도 국어 쪽은 만점이지? 좀 가르쳐주지 않을래?"

"전교 1등이 가르쳐주는 게 아니었냐고……."

뭔가 꿍꿍이가 있는 것 같지만, 원만하게 그녀를 쫓아낼 대의명분이 생각나지 않았다.

"어쩔 수 없네."

"만세~."

작은 목소리로 그렇게 말한 유메는 책으로 된 탑을 피하면서 비즈 쿠션에 털썩 앉았다. 내가 유니 씨에게 생일 선물로 받은 바로 그 쿠션이다.

그리고 쿠션 가장자리로 몸을 옮긴 유메는 빈 곳을 손바닥으로 두드리며 말했다.

"자, 빨리 와."

"……나도 거기 앉으라는 거야?"

"네가 시험지를 금방 찾아낸다면, 거기서 가르쳐줘도 되거든?"

……확실히, 이제 어디에 뒀는지 생각나지 않았다.

"그럼 뒤편에서 보면 되잖아."

하지만, 지금의 유메가 어떤 식으로 공격을 해올지 알 수 없다.

의자에서 일어난 나는 유메가 파묻히듯 앉아 있는 커다란 비즈 쿠션의 뒤편으로 이동하려 했다.

하지만…….

"에잇."

"우왓?"

다가간 순간, 유메가 손을 뻗어서 나를 비즈 쿠션 위로 잡아당겼다.

겨우겨우 유메의 몸 위로 쓰러지는 건 피했지만, 쿠션의 빈 곳에 쏙 들어가고 말았다. 유메는 나를 잡으려는 듯이 어깨에 손을 두르더니, 의기양양한 미소를 지었다.

"연약하네."

"……시끄러워."

놔줄 생각은 없는 것 같았다.

체념한 나는 유메의 손에서 팔을 빼며 자세를 고치려 했다.

그 순간, 전혀 의도하지 않았지만 내 팔꿈치가 유메의 가슴에 부드럽게 파묻히고 말았다.

"……!"

그 감촉을 느낀 순간, 나는 얼어붙었다.

이 애…… 속옷을 안 입은 거 아냐……?

잠옷 차림이라서 그런 걸까? 아니, 잘 때 걸치는 브래지어가 있다고 이사나에게 들은 적이 있거든? 이사나도 아니고, 그런 쪽으로는 철저한 타입이라고 생각했는데…….

"저기, 이 부분 말인데……."

유메는 내 경악도, 팔꿈치가 자기 가슴에 닿아있는 것도 눈치 못 챈 것처럼 몸을 더욱 밀착시키더니, 기말고사 시험지를 보여줬다.

나는 의지력을 쥐어짜 내서, 문제에 의식을 집중시켰다.

"이 현대어 번역, 어디가 잘못된 거야?"

"고전문학이구나……. 이건 아마—."

내가 생각해도, 나는 참 머리와 혀가 잘 돌아가는 것 같았다.

지금도 현재진행형으로, 시야 구석에 어른거리는 폭신폭신한 물체가 신경 쓰이고 있는데도 말이다.

유메의 오늘 잠옷은 목덜미 쪽이 헐렁했다. 그래서 내 시점에서는 잠옷에 가려져 있는 가슴골이 확연히 보였다.

이사나가 너무 큰 탓에 눈에 띄지 않았지만, 유메도 일반적인 기준에서는 꽤 큰 편이다. 사귀던 시절과는 비교도 안 된다. 제2차 성징의 신비였다.

수영복을 사러 갔을 때 얻은 정보에 따르면, 가슴 사이즈는 C 혹은 D컵이며— 아니, 그 수영복은 조금 작았었지. 그렇다면 D…… 아니, E컵……?

그런 물체가 몸을 기울이면 그에 따라 움직이면서, 속옷의 압박이 없는데도 저절로 깊디깊은 계곡을 자아내고 있는 것이다. 아무리 나라도 신경이 안 쓰일 리가 없다.

—뭣하면 유메 양에게도 동석해달라고 할까요? ……아, 그건 역시 무리일지도 모르겠네요. 누드 모델은 반응하면 안 되는 것 같거든요.

안 해. 안 할 거야. 절대 안 할 거라고.

젠장……. 가슴이 더 큰 애와 항상 어울려 다니는데, 왜 나는 유메의 가슴에 이렇게 흔들리고 마는 걸까…….

"그렇게 번역하면 되는구나……. 어떻게 이렇게 간단히 맞추는 거야?"

"고전문학이라고 해도 결국 고대의 일본어잖아. 딱 보면 읽을 수 있지 않아?"

"못 읽으니까 시험 문제로 나오는 거야."

유메는 나를 흘겨보며 말을 이었다.

"그럼 다음은 내가 가르쳐줄 차례네. 어느 과목 문제를 틀린 거야? 수학?"

"아…… 그러고 보니, 몇 번이나 계산했는데도 이상한 답만 나온 문제가 있었어……."

"후훗. 수학 시험에서 흔히 있는 일이네. 분모가 말도 안 되는 숫자가 되기도 하잖아."

어느 거야? 하며 유메는 수학 시험지를 보여줬다.

그러면서 몸을 밀착시킨 탓에, 또 그녀의 가슴이 내 팔에 닿을 뻔했다.

나는 그것을 피하려고 몸을 젖히면서, 해당 문제를 손가락으로 가리켰다.

"아~, 이건 말이지—."

유메는 몸을 원래 위치로 빼지 않았다.

나는 몸을 젖힌 채, 유메의 설명을 들을 수밖에 없었다.

"—이런 식으로 풀면 돼. 알겠어?"

유메의 숨결이 내 목덜미를 간지럽혔다.

그것을 참으면서, 나는 어찌어찌 대답했다.

"그래……."

"응. ……우리 둘 다 틀린 문제가 몇 개 안 되니까, 복습할 게 그다지 없네."

유메는 그제야 몸을 빼더니, 시험지를 펄럭펄럭 넘겨봤다.

나는 가슴을 쓸어내렸다. 바로 그 순간이었다.

유메가 내 얼굴을 힐끔 쳐다봤다.

반사적으로 아차, 싶었다.

이제까지는 어찌어찌 포커페이스를 유지했지만, 한순간 긴장을 푼— 바로 그 순간을, 유메가 목격하고 만 것이다.

유메가 입가를 말아 올렸다.

"그럼, 뭐—."

갑자기…….

유메가 입술을, 내 귓가로 가져갔다.

"(—오늘은, 이쯤에서 봐줄게.)"

숨결을 불어 넣는 듯한 그 속삭임을 들은 순간, 달콤한 짜릿함이 뇌수를 휩쓸고 지나갔다.

그게 작별 선물이라는 듯이, 유메는 「영차」 하며 쿠션에서 몸을 일으키더니…….

"그럼……."

여전히 앉아 있는 나와 눈높이를 맞추듯, 몸을 숙였다.

"잘 자♥"

그것은, 헐렁한 목덜미 안쪽을 보여주는 듯한 포즈였다.

무방비하게 드러난 그녀의 가슴은, 날카롭기 그지없는 병

기이기도 했다.

유메는 가벼운 발걸음으로, 내 방에서 나갔다.

이 자리에는 비즈 쿠션에서 일어나지 못하는 나와, 그녀가 앉아 있던 자리의 온기만이 남아 있었다.

—공격을 받고 있다.

틀림없이, 나는 공격을 받고 있다.

이리도 유메 ◆ 번뇌 독점

“하아아…….”

수면 브라를 걸친 나는 땅이 꺼지게 한숨을 내쉬었다.

그리고 침대에 털썩 드러누운 후, 베개에 얼굴을 묻었다.

……부끄러웠어~~~~!!

노브라 잠옷 차림으로 미즈토의 앞에 나서는 것조차도 엄청난 일인데, 그렇게 밀착을……! 가슴이 닿을 때마다 얼굴에서 불이 나는 것만 같았다! 가슴 쪽을 보여주면서도 전부 다 보이지는 않는 각도를 연습해둬서 다행이야~!!

무엇보다 다행인 건, 지금이 겨울이란 점이다. 천이 두꺼운 겨울용 잠옷이라서 브래지어를 안 해도, 그러니까…… 꼭대기 부분이, 드러나지 않았다.

거기까지 보여줬다간 내 수치심이 폭발하고 말 것이다. 아~, 이런 생각을 하니 움츠러드는 거야. 히가시라 양을 응원하던 시절, 아카츠키 양이 남자를 꼬실 때는 수치심을 잊으라는 소리를 했었던 것 같아.

수치심의 한계를, 서서히 돌파하자.

수치심을 잊자.

청초한 우등생은, 미즈토 앞에서만 종료다. 나는 한 마리의 암컷이 되겠다. 눈앞의 수컷을 농락할 때까지, 구애 활동을 관두지 않을 것이다.

통했다. 분명 통했으리라.

이대로 계속 가면, 저 태연한 얼굴에서 번뇌가 넘쳐날 것이다.

어쩌면 지금쯤, 내 가슴과 감촉과 대사를, 몇 번이고 되새기고 있을지도…….

"……후훗."

모든 번뇌를 씻어낸다는 제야의 종이 들릴 때까지, 앞으로 보름— 그때까지, 미즈토의 모든 번뇌를 독점하고 말겠다.

이리도 미즈토 ◆ 실례하겠습니다

강인한 정신력을 손에 넣어야만 한다.

지금의 유메는 이제까지와 다르다. 희롱 수준에서 멈추기 위해 브레이크를 밟지 않았다. 그렇게 느낀 나는 그 맹공을 버텨내기 위해, 아마존의 오지에— 정확하게는 카와나미의 집으로 튀었다.

이유 중 하나는, 지금의 유메와 온종일 한집에 있다간 몸이 버텨 나지 않을 것 같아서다.

다른 이유는, 자신의 정신을 강화할 힌트를 얻기 위해서다.

카와나미 코구레는, 내가 아는 이들 중에서 가장 나와 비슷한 처지인 인간이다. 게다가 여자와 가까운 거리에서 산 기간은 그 녀석이 나보다 명백하게 길다. —그 녀석의 생활을 살펴보면, 힌트를 얻을 수 있을지도 모른다는 생각이 들었다.

그렇게 생각하며 향한 카와나미의 집에서 내가 목격한 것은, 상상을 초월하는 광경이었다.

"어? 이리도잖아~."

카와나미의 집 현관에서 나를 맞이한 이는 바로, 미나미 아카츠키였다.

파카와 반바지 차림인 미나미 양을 본 순간, 나는 무심코 방 번호를 확인했다.

"카와나미의 집, 맞지……?"

"맞거든?"

어리둥절한 표정으로 고개를 갸웃거리는 미나미 양의 뒤편에서, 카와나미가 허둥지둥 얼굴을 내밀었다.

"너! 멋대로 손님을 마중하면 어쩌냐고!"

"네가 화장실에 있어서 내가 대신 나와본 거야. 평소와 마찬가지잖아?"

"이리도가 오기로 했으니까 집으로 돌아가라고 내가 말했지?!"

"내가 어디서 휴일을 보내던, 그건 내 자유잖아."

"자유는 무슨! 여기는 남의 집이라고!"

자연스럽게 말다툼을 시작한 실내복 차림의 두 사람은 마치 동거 중인 커플 같아 보였다.

아니, 마치가 아니라, 그 자체였다—.

서서히 관계가 개선되는 느낌이 어렴풋이 들기는 했는데, 한동안 못 본 사이에 이런 사이가 됐을 줄이야…….

"아무튼 일단 들어와, 이리도. 과자가 다 떨어져서 대접할 게 없긴 하지만 말이야."

"네가 우걱우걱 다 먹어서 그런 거야. 그러다 살찐다고."

"미안하지만! 나는 기초대사량이 많거든?!"

"……일단, 실례하겠습니다."

이렇게 진심으로『실례하겠습니다』하고 말해본 것은 처음일지도 모른다.

현관에서 거실로 이동하자, 미나미 양은 테이블에 놓인 게임기를 손에 들고 소파에 벌러덩 드러누웠다. 마치 자기 집에 있는 것처럼 편해 보였다. 아니, 진짜로 자기 집에 있는 유메조차도 이렇게 늘어지지는 않는다.

"……혹시, 미나미 양은 항상 여기 있는 거야?"

"어디 놀러 가지 않는 휴일에는 항상 저래. 저 인간은 밥 만드는 걸 귀찮아하거든. 그래서 항상 나를 뜯어먹으러 온다고."

"너무하네~. 나도 가끔씩 만들어주잖아."

"게다가 돌아가는 게 귀찮다면서 자고 가기도 한다고. 바로 옆집에 살면서 말이지."

반동거가 아니라 9할 동거였다.

게다가 양쪽 다 부모님이 집을 비울 때가 잦으니, 실질적으로 단둘이 사는 것이나 다름없다.

나는 작은 목소리로 카와나미에게 말했다.

"(……마음 놓을 때가 없지 않아?)"

"(……있을 리가 없잖아.)"

우리가 소곤거리고 있을 때, 미나미 양이 게임을 하면서 말했다.

"카와나미~, 차라도 내주는 게 어때? 냉장고에 아직 남아 있을 거야~."

"네가 그딴 소리 안 해도 그럴 거라고. ……이리도, 먼저 방에 가 있어."

카와나미는 그런 말을 남긴 후, 부엌으로 향했다. 나는 「알았어」 하고 대답한 후, 몇 번이나 와본 적 있는 카와나미의 방으로 이동했다.

덜컹, 하는 소리를 내며 문을 닫은 바로 그때였다.

내가 사라진 거실에서 목소리가 들려왔다.

"……마음 놓을 때가 없구나?"

"뭐? 너, 들은―."

"어떤 식으로? 어떤 식으로 마음을 못 놓는 거야? 이런 식으로야?"

"바보! 차가 쏟아지―!"

호기심에 사로잡혀 문을 조금만 열고 틈새로 쳐다보니, 부엌에서 미나미 양이 카와나미의 목에 매달리듯 포옹하고 있는 모습이 보였다.

……정말, 실례하겠습니다.

나는 또, 진심으로 그렇게 생각했다.

이리도 미즈토 ◆ 남자의 억제법

"나, 요즘 들어서는 남자와 어울려 다닐 때 안심이 돼."

컵에 담긴 차를 다 마신 후, 카와나미는 그렇게 말했다.

"다른 녀석에게 이딴 소리를 하면 분명 배부른 고민이라며 놀려대겠지만, 여자에게 휘둘리기만 하는 것도 실은 되게 피곤하다고. 너도 그렇지?"

"너는 내가 유메에게 휘둘리는 편이 더 기쁜 거 아니었어?"

"아냐~. 내가 말하는 건 히가시라라고."

"아하, 그쪽이구나……. 처음에는 신경 쓰였지만, 이제 꽤 익숙해졌어."

"너, 대단하구나……. 절에서 수행이라도 하고 온 거야?"

그랬다면 지금 이렇게 곤란하지 않을 거라고.

"따지고 보면 나보다는 네가 처한 환경이 더 특별하긴 해. 나와 유메는 부모님의 눈이 있으니 어느 정도의 규율은 지키는 편이고, 이사나와 만나는 것도 학교 아니면 공공장소거든."

요즘 들어 이사나의 집에 자주 드나드는 건 말하지 말자.

"하지만 너희는 집 안에서 같이 있는 데다, 부모님의 눈도 없잖아? 나로서는 네가 그런 상황에서 평범하게 일상생활을 하는 게 이상하다고."

사귀는 사이라면 오히려 건전할 것이다. 하지만 두 사람의 발언으로 유추해볼 때, 아무래도 사귀는 것 같지는 않았다.

그렇다면, 시도 때도 없이 자극을 받는 본능을 억눌러야만 할 텐데—.

"……그 요령은 말이지. 내 쪽에서 손대지 않는 거야."

카와나미는 진지한 표정으로 그렇게 말했다.

"한 번이라도 그걸 허락해버리면, 완전히 자제심을 잃고 말아. 그거야말로 상대방이 바라는 바지."

"……체험담이야?"

목소리를 살짝 낮추며 묻자, 카와나미는 코를 긁적이며 얼버무렸다.

아무래도 자제심을 잃었던 시기가 있었던 것 같았다.

나는 거실로 이어지는 문을 쳐다보며 말했다.

"너희는 그냥 예전 사이로 되돌아가도 괜찮을 것 같은데 말이야. 미나미 양도 옛날에 했던 짓을 반성했다며?"

"그렇긴 한데, 실은 그렇게 간단한 일이 아냐."

난처한 투로 그렇게 말한 카와나미는 진지한 분위기를 자아내며 나를 쳐다봤다.

"이리도는 알아? 이 세상에는 헤어지고 몇 달이나 된 전 여친에게 갑자기 연락하는 남자가 있대. 무슨 이유일 것 같아?"

"새 여친과 헤어져서 아냐?"

"그래. 즉, 성욕 100퍼센트인 거지. 나는 그런 남자만은 되고 싶지 않다고."

"……그 말에는 지극히 동감이야."

처음 사귀는 건 심플하다. 좋아하느냐 아니냐 만으로 정하면 된다.

하지만 헤어진 후에 다시 사귀는 경우에는 일이 복잡해진다. 한번 헤어지기로 결단한 자기 자신을, 어떤 식으로 납득시킬지를 생각해야만 한다.

안 그러면, 그저 짝이 없어서 안절부절못할 뿐인 원숭이가 되고 만다.

카와나미는 갑자기 엉큼한 미소를 머금었다.

"뭐, 그런 욕구는 건전하게 푸는 게 최고야. 안 그래?"

"……나한테 묻지 마."

"너, 이런 이야기를 꺼리는 편이지?"

"대놓고 하는 쪽이 이상하다고."

카와나미는 턱을 괴더니…….

"사귀지도 않는 여자가 집에 있으면, 여러모로 어렵지 않아~?"

"유메는 그런 쪽으로 캐진 않아. 미나미 양은 장난 아닐 것 같지만 말이야."

"맞아, 장난 아냐……. 몇 번이나 내 컴퓨터의 패스워드를 돌파했다고……."

해커냐. 미나미 양은 대체 정체가 뭔데?

"애초에 아직 성인도 아닌데, 그런 것들을 어떻게 모은 거야?"

"나이를 속이지는 않았거든? 그저, LINE이나 디스코드를 통해 열심히 포교 활동을 하는 친절한 녀석들에게 신세를 졌을 뿐이야."

카와나미는 의기양양한 표정으로 말했다. 남자 고등학생이라면 그러는 게 당연할까. 나도 남자 고등학생이지만, 어째선지 거리가 멀게 느껴졌다. 나한테 열심히 포교 활동을 하는 이가 여자라서 그런 걸까…….

"그러고 보니, 이리도와는 이런 이야기를 나눈 적 없네."

카와나미는 「좋아」 하고 말하더니, 또 엉큼하게 웃었다.

"이참에 나도 포교 활동을 해볼까!"

말릴 새도 없이 자리에서 일어난 카와나미는 책상 쪽으로 향했다. 그리고 선반에 놓인 사전을 들더니, 책에 꽂혀 있던 작게 접힌 종이를 꺼냈다.

"그게 뭐야?"

"잡지 오린 걸 복사한 거야."

접은 종이를 테이블 위에 펼쳤다. 그러자 아슬아슬한 수영복을 입은 그라비아 아이돌이 실려 있었다.

"스마트폰과 컴퓨터로 주의를 돌린 후, 일부러 종이로 보관한다는 작전이지. 음란 서적 같은 건 시대착오적이라고 하지만, 게임이든 뭐든 간에 유행이라는 건 돌고 도는 거잖아."

"어처구니없는 공방전인걸……."

"이건 평범한 만화 잡지에서 오린 거니까, 건전한 축에 든다고. 더 엄청난 녀석은 훨씬 찾기 힘든 곳에 숨겨놨어."

거기까지는 가르쳐줄 수 없어~, 하고 말한 카와나미는 씨익 웃었다. 하나도 멋지지 않다고.

"그건 그렇고, 너는 어떤 애가 취향이야? 역시 이 애 아냐?"

카와나미가 그렇게 말하며 보여준 것은 긴 흑발을 지닌 그라비아 아이돌이었다. 흰색 수영복을 입고 있으며, 가슴을 모으는 포즈를 취하고 있었다.

"이리도 양과 마찬가지로 청초 타입이라고."

그렇게 말한 카와나미가 히죽거렸지만, 나는 전혀 흥미가

동하지 않았다.

유메가 더 귀엽다.

비교할 것도 없다.

"반응이 별로네……. 뭐, 히가시라는 웬만한 그라비아 아이돌보다 훨씬 엄청난 몸매를 지녔잖아. 이 정도 자극으로는 꿈쩍도 안 한다는 거구나?"

"나는 이사나를 그런 눈길로 본 적 없어."

"대단한 성인군자 납셨네. 하지만 성욕은 길들이는 거지, 억누르는 게 아니라고. 무리를 해가며 감추기만 하면, 오히려 위험할 거야."

……딱히, 무리한다고는 생각하지 않는데 말이야.

"으음…… 그럼 2차원은 어때? 야한 이세계 만화 같은 건―."

나와 이런 이야기를 나눠서 기쁜 건지, 카와나미는 희희낙락하며 자기가 소장한 서적을 공개했다.

절묘하게 연령제한을 피한 에로 콘텐츠를 차례차례 추천하면서 내 반응을 살폈다. 나는 그 모든 것에 무반응으로 일관했다. 그 탓인지 카와나미도 서서히 수위를 높이더니, 15금에서 19금의 영역으로 다가섰다.

"이 비밀 계정 여자애를 보라고! 내가 찾은 애 중에서도 최강의―."

"우와~. 찌찌 되게 크네~!"

아마 지나치게 몰입한 탓이리라.

나 또한, 무반응으로 일관하는 데 너무 정신을 팔았다.

그래서 우리 둘 다, 어느새 등 뒤로 다가온 존재를 눈치채지 못했다.

소리 없이 방에 침입한 미나미 양을 본 순간, 카와나미의 얼굴이 새파랗게 질렸다.

"미…… 미나……."

"오늘은 글래머 기분이구나?"

미나미 양은 싱글벙글 웃으면서 그렇게 말하더니, 카와나미를 향해 재빨리 몸을 기댔다.

"뭐, 괜찮기든? 하지만 전에 내가 준 사진은 어쨌어?"

"사진……?"

설마, 미나미 양이 자기를 찍은……?

"야, 야한 사진이 아니거든~?! 아니, 야한 건 맞는데, 애가 아니라고! 얘가! 오해 살 소리 하지 마!"

우히히, 하고 미나미는 즐거운 듯이 웃었다. 뭐야, 깜짝 놀랐네…….

"이리도, 유메를 대신할 걸 찾아봤자 소용없어."

미나미 양은 놓치지 않겠다는 듯이 카와나미의 목에 팔을 두르더니, 나를 쳐다봤다.

"왜냐하면 그라비아 아이돌이나 만화보다도, 현실의 유메가 귀엽고 에로틱하거든!"

……잘 알고 있어.

"차려놓은 밥상은 안 먹는 건 남자한테 수치 아냐? 카와나미, 안 그래?"

"지옥에 만한전석이 차려져 있으면, 보통은 경계할 거라고!"

"응~? 지옥? 천국을 잘못 말한 걸까~? 냠냠~."

"으갸아아아아!!"

귓불을 살며시 깨물린 카와나미는 비명을 지르며 털썩 쓰러졌다.

미나미 양은 그런 카와나미의 배 위에 올라타더니…….

"이리도의 얼굴을 보아하니 유메와 무슨 일 있었나 본데, 진지하게 받아줘. 장난 같은 걸 칠 애가 아니라는 건 알고 있잖아?"

알고 있다. 그래서 문제다.

미나미 양은 나를 돌아보더니, 박력 넘치는 미소를 머금었다.

"유메를 상처입힌다면— 나, 절대 용서 안 할 거야! 그것만은 꼭 기억해둬!"

"……명심할게."

그렇게 대답하자, 미나미 양은 테이블 위에 있는 카와나미의 컬렉션을 모으면서 「에로 이미지 최강 랭킹을 만들어봐~」라는 무시무시한 소리를 하기 시작했다.

……나는 슬슬 돌아가도록 할까. 본격적으로 방해가 될 것 같으니 말이다.

자리에서 일어나 방문 쪽으로 향한 나는 문손잡이를 쥔 후, 뒤돌아보았다.

"미나미 양, 충고에 대한 답례로 말해주는 건데 말이야."

"응~?"

"이해를 잘못했어. 너를 비유적으로 표현한 건, 지옥이 아니라 만한전석이야."

내가 그 말을 한 순간, 카와나미의 얼굴이 새빨개졌다.

"흐음~?"

미나미는 입가를 말아 올리더니, 카와나미의 얼굴을 내려다봤다.

"내가…… 맛있어 보이는 거구나?"

"아니, 그게 아니라, 어디까지나 비유적으로—."

"그럼 잘 있어, 카와나미."

"이리도~! 가지 마아아아아아아앗!!"

두 사람의 행복을 빌어주며, 나는 카와나미의 집에서 나섰다.

이리도 미즈토 ◆ 짐승은 엎드려서 때를 기다리고 있을 뿐

해가 지려면 꽤 시간이 남아 있었기에, 이사나의 집에 들르기로 했다.

이사나는 한번 집중하면 식사와 수면을 잊는 타입이다.

기말고사에서 낙제점을 피해서 보강수업을 듣지 않으니, 지금은 그림 그리기에 몰두하고 있을 것— 만약 가족이 집을 비웠다면, 수면과 식사를 취하지 않을지도 모른다. 그때는 내가 준비해줄 필요가 있다.

스마트폰으로 연락을 하자, 『문 열어둘 테니 알아서 들어오세요~』라는 답장이 왔다. 좀 부주의하다는 생각이 들지만, 금방 도착할 테니 별문제 없을 것이다.

어느새 익숙해진 히가시라 집의 현관 안으로 들어간 나는 근처에 있는 이사나의 방 앞에 서서 문에 노크를 했다.

"이사나. 들어갈게."

전에 사고가 발생한 적이 있기에, 그렇게 한마디 한 후에 문을 열었다.

예상대로 이사나는 책상을 향해 등을 굽힌 채, 빠져들 듯이 태블릿 컴퓨터를 들여다보고 있었다.

정신을 집중한 채 펜을 놀리는 그 모습이 왠지 신성해 보여서, 말을 걸기 어려웠다. 하지만 이사나가 고개를 들 때까지 기다리다간 해가 질 것이기에, 나는 낮은 목소리로 말을 건넸다.

"점심은 먹었어?"

"으음~, 아직이에요."

그럴 줄 알았다. 저녁때가 다 되어가는데 말이다.

거실 쪽에서 소리가 들리지 않는 것을 보면, 나토라 씨도 없는 것 같았다. 부엌을 이용해도 된다는 허락을 예전에 받았으니, 간식이라도 만들어줘야겠다.

그렇게 생각하며 방을 나서려던 순간, 나는 뭔가가 신경 쓰였다.

……이사나의 머리카락이, 약간 끈적거리는 것 같았다.

이사나의 등 뒤로 슬며시 다가간 나는 그녀의 머리카락을 손가락으로 살며시 잡아봤다. 아니…….

"너…… 목욕은 했어?"

"어엉?"

이사나는 퍼뜩 고개를 들더니, 뭔가가 생각난 것처럼 머리를 긁적거렸다.

"그러고 보니 어제 안 씻었어요."

"……샤워하고 와. 그사이에 먹을 걸 만들어둘게."

"네엣~?"

이사나가 불만 섞인 목소리를 낸 직후, 꼬르르륵~ 하는 소리가 그녀의 배에서 흘러나왔다.

이사나는 자기 배를 내려다보더니…….

"……어쩔 수 없네요. 잠시 쉬도록 할까요~."

끄응~ 하며 기지개를 켠 이사나는 그제야 자리에서 일어났다.

둘이서 방을 나선 후에 욕실에 들어가는 이사나를 지켜본 나는 거실과 이어진 부엌으로 향했다.

부엌 냉장고를 열어보니, 찬밥이 딱 1인분 있었다. 달걀과 파도 있으니, 볶음밥이나 만들도록 할까.

프라이팬에 기름을 두르고 달걀과 파로 익힌 후, 밥을 넣고 볶았다. 그 후에는 간장과 소금, 후추로 간을 맞추면 완성이다.

"미즈토 씨~."

간단한 볶음밥을 접시에 옮겨 담고 있을 때, 욕실 쪽에서 우는 소리가 들려왔다.

"미즈토 씨~. 좀 와주세요~."

무슨 일인가 싶어서 가보니, 욕실 앞의 세면 탈의실의 문틈으로 이사나가 얼굴만 쏙 내밀고 있었다.

"뭐야? 무슨 일인데?"

"갈아입을 옷, 챙기는 걸 깜빡했어요……."

……그러고 보니, 얘는 빈손으로 욕실에 들어갔지.

"평소에는 방에 가서 갈아입거든요. 그래서 깜빡……."

그 말은 이 애는 지금 알몸인 건가? 얼굴과 어깨만 보이는데…….

일전에 유메와 있었던 일이 떠올릴 뻔한 나는 즉시 생각을 멈췄다.

"하아, 알았어. 가져다주면 되지?"

"부탁드려요……."

미안해하는 이사나의 얼굴에서 눈을 떼며 고개를 든 나

는 그대로 굳어버렸다.

세면 탈의실 안쪽에는 세면대가 있었다.

세면대가 있는 만큼, 당연히 거울도 있었다.

그 거울에— 알몸인 여성의, 뒷모습이 비치고 있었다.

방금 샤워를 해서 희미하게 달아오른, 육감적인 등과 엉덩이와 허벅지와—.

"미즈토 씨?"

"……으, 응. 금방 가져다줄게."

나는 허둥지둥 시선을 돌린 후, 이사나의 방으로 향했다.

젠장. 쟤는 진짜 빈틈투성이야. 언젠가 제대로 교육을 해야겠다.

나는 이사나의 방에 있는 장롱에서 실내복을 꺼냈다. 평소 같으면 속옷도 챙겨주겠지만, 지금 상황에서 그러는 건 위험하단 생각이 들었다.

살짝 열린 탈의실의 문 사이로 옷가지를 넘겨준 후, 나는 먼저 거실로 이동했다.

접시에 담긴 볶음밥을 테이블로 옮겼을 때, 헐렁한 겨울 셔츠와 반바지 차림에 머리카락이 촉촉한 상태인 이사나가 복도에서 모습을 보였다.

"오오~, 좋은 향기가 나요."

테이블에 놓인 볶음밥 앞에 털썩 앉은 이사나가 「잘 먹겠습니다」 하고 말하며 숟가락을 손에 쥐었다. 배가 꽤 고팠던

건지 상당한 페이스로 밥을 먹기 시작했기에, 나는 냉장고로 가서 물병을 가져왔다. 컵에 물을 따라서 두자, 이사나는 그 물을 벌컥벌컥 단숨에 들이켰다.

"컨디션은 좀 어때?"

나는 턱을 괴며 물었다.

이사나는 물을 또 따르면서…….

"컴퓨터가 가지고 싶어졌어요~."

"컴퓨터? 왜?"

"태블릿으로도 그림을 그릴 수 있지만~, 3D 같은 걸 쓰려면 역시 성능이 뛰어난 컴퓨터로 하는 편이 낫다고 해요. 게다가 화면도 크고요."

"화면이라. 확실히 크긴 하겠네……."

나는 아버지에게 물려받은 노트북 컴퓨터를 가지고 있지만, 그 성능은 태블릿과 큰 차이가 없을 것이다. 하지만 데스크톱— 그것도 고성능 컴퓨터는 고등학생이 사기에는 너무 비싸다.

"아르바이트……는 좀 그래. 그림을 그릴 시간이 줄어들 테니 본말전도야. 언젠가는 크리에이터 사이트의 유료 플랜으로 수입을 얻을 수 있을지도 모르지만……."

"유료 플랜! 감미로운 울림이에요……."

"의외네. 돈에 흥미가 있었어?"

"유료 플랜은 현대의 구매자 한정 감상 페이지예요! 과금이라는 허들을 넘어선 자만이 볼 수 있는 도원향…… 꿈으로 가득 차 있네요…….”

현대는 무슨, 너는 고대의 구매자 한정 감상 페이지를 모르잖아. 또 인터넷 노인들의 이야기에 영향을 받은 건가.

“해봐요, 미즈토 씨! 그걸로 예의 전라 일러스트를 공개하는 거예요!”

“할 리가 없잖아, 미성년자.”

“흐응~.”

언젠가는 고려해볼지도 모르지만, 지금은 이사나 자신의 성장과 팬을 늘리는 것에 집중해야 한다. 수익 사업화는 그 후에 생각해도 된다.

“3D는 어디에 쓰는 거야?”

“기본적으로 배경에 써요. 3D 소재를 여기저기 배치하면서 구도를 생각하거나, 투사하는 거죠. 사람에 따라서는 캐릭터의 지침도 3D 인형으로 하나 봐요.”

“그래……. 3D를 쓰면, 데생에서 수월하겠구나.”

“처음부터 쓰다간 이상한 버릇이 들 것 같지만, 어느 정도 능숙해진 후라면 괜찮지 않을까 싶어요. 셀카를 찍을 필요도 없어질 테고요!”

“너는 자기를 포즈 인형 대용으로 쓰잖아.”

“그릴 캐릭터가 생각나지 않을 때는 셀카를 모사하기도 해요.”

"재미있네. 현대의 그림쟁이란 느낌이야."

"우헤헤~. 저는 거의 처음부터 디지털파였거든요……."

"그 모사라는 건 어떤 느낌이야?"

"네?"

이사나는 갑자기 깜짝 놀란 표정을 지었다.

"왜 그래?"

"으…… 으음, 보여줄까요? 모사……."

"응? 뭐, 괜찮다면 말이야."

개인적으로 흥미가 있기는 했다.

"으…… 뭐, 미즈토 씨라면야……."

작품으로서 그리지 않은 것을 남에게 보여주는 게 부끄러운 걸까. 이사나는 부끄러워하며 스마트폰을 꺼냈다. 태블릿과 데이터를 공유하고 있는 것이리라. 머뭇머뭇 스마트폰을 조작하더니, 한동안 화면을 쳐다본 후, 얼굴을 붉히기 시작했다.

"—서, 설거지! 설거지할게요!"

그리고 불쑥, 어느새 비운 볶음밥 접시를 들고 부엌 쪽으로 사라졌다.

왜 저러지?

나는 의아하게 생각하면서, 테이블 위에 놓인 스마트폰을 쳐다봤다. 화면이 어두워져 있어서, 무엇이 표시되어 있는지 알 수 없었다.

새 엄마가 데려온 딸이 전 여친이었다 9

바로 그때— 스마트폰이 반응했다.

진동에 반응한 건지, 아니면 오작동을 일으킨 건지는 알 수 없다. 지금 확실한 것은 이사나의 스마트폰 화면에 빛이 들어오면서, 어두워지기 직전까지 표시되어 있던 것이 복원됐다는 사실뿐이다.

즉…….

전체적으로 살색인, 눈에 익은 몸매를 지닌 여체의 일러스트가 눈에 들어온 것이다.

얼굴은 달걀귀신처럼 눈, 코, 입이 없었다. 하지만 카와나미도 말했었다. 이사나 같은 몸매는 그라비아 아이돌 중에서도 흔치 않은 수준이라고 말이다. 풍만하면서도 완벽한 원형을 이루고 있는 가슴도, 잘록한 허리도, 고혹적인 탄력을 지닌 엉덩이도— 히가시라 이사나의 것이란 사실은, 누구보다 그녀와 가까이 지낸 나이기에 알 수 있었다.

"——!"

그래서 나는 그대로 손을 뻗어서 화면을 껐다.

그리고, 그제야 생각났다.

전에 이사나가 태블릿의 일러스트를 보여줄 때, 『이상한 건 보지 말라』고 말했었다는 것을 말이다.

"설마, 자기 알몸을 그렸을 거라고 생각이나 했겠냐고……."

누드 데생이 도움이 된다는 건 알고 있다. 알고 있지만, 저장해둘 것까지는—.

순식간에 눈에 새겨진 그 데생을, 아까 거울 너머로 본 이사나의 뒷모습이 보완해줬다. 앞과 뒤, 각각의 사각지대가 메워지면서, 뇌리에 3D 인형이 그려졌다.

이사나를, 그런 눈길로 보지 않는다.

보지 않지만, 보고 만 광경에 대해 생각하지 않는 건 어려웠다.

어쩌면, 이 조그마한 스마트폰 안에는 모사만이 아니라 진짜 알몸도—.

"잘 먹었어요~. 참 맛있었어요~."

"……아, 응."

나는 그 이상은 생각하지 않기로 했다.

이리도 미즈토 ◆ 성욕

이게 꿈이라는 건, 금방 눈치챘다.

—미즈토 씨…….

침대 위에 누워 있는 건, 속살을 드러낸 이사나였다. 육감적인 몸을 유혹하듯 흔들었고, 표정 또한 뭔가를 조르는 것 같았다. 내 혈액이 온몸을 비정상적인 속도로 돌면서, 정상적인 생각을 못 하게 했다.

걸음을 내디딘 나는, 마치 불 속으로 뛰어드는 나방 같았다. 닿으면 불타버린다는 것을 알면서도, 다가가는 것을 멈출 수 없었다.

천장을 향해 봉긋 솟아 있는 듯한 풍만한 가슴에, 살며시 손을 댔다.

—으응…… 미즈토…….

바로 그때, 순식간에 상대는 유메로 변해 있었다.

손가락이 유메의 몸에 파묻혔다. 그 감촉을 느낀 순간, 욕망을 억누르던 방파제가 터졌다. 나는 나를 받아들여 주는 이 부드러운 육체에 빠져들었고, 끌어안았으며, 쓰다듬더니, 비벼대면서, 녹아든 끝에—.

—의식이 욕망에 완전히 삼켜져서 사라지기 직전, 눈을 떴다.

내 방의 천장이 흐릿하게 보였다. 멍하니 천장을 올려다보고 있을 때, 불쾌감이 스멀스멀 가슴속에서 치밀어 올랐다.

쓰레기 같은 기분이었다.

자기가 남자로 태어났다는 것을, 원망하고 싶을 지경이었다.

"……아, 깼어?"

기분이 더럽다.

그렇게 투덜대고 싶은 타이밍에, 그 목소리가 들려왔다.

"엄마가 점심 먹게 데려오랬어."

천장과 나 사이에 유메의 얼굴이 끼어들었다.

역시 귀엽고, 아름다워서, 언제까지나 쳐다보고 싶다. 이보다 더 사랑스러운 존재는 이 세상에 없을지도 모른다. 하지만—.

내 눈은 그 얼굴 아래편에 존재하는, 봉긋한 가슴에 빨려 들어갔다.

"알았어……."

나는 손으로 눈가를 가리면서, 갈라진 목소리로 겨우겨우 답했다.

"방금 깼는데, 먹을 수 있겠어?"

아무것도 모른 채 그렇게 묻는 유메를 보자, 나는 폭력적인 감정에 휩싸였다.

"알았으니까…… 나가줘."

말투가 거칠어졌다.

정말, 싫다.

나는 모든 것을 차단하듯, 이불 속에서 몸을 동그랗게 말았다. 이러고 있는 한, 내 추잡한 욕구를 누구에게도 들키지 않을 것이다.

—성욕은 길들이는 거지, 억누르는 게 아니라고.

카와나미의 말이 머릿속을 스쳤다.

아마 그것은, 인간이 인간이기 위한 조건이리라.

이리도 유메 ◆ 방어

방학식이 코앞까지 다가온 가운데, 올해의 학생회 활동도 드디어 오늘로 끝난다.

용기를 내서 뛰어든 후로 약 두 달 반이 흘렀다. 처음 경험하는 일투성이라 신선했던 나날이 드디어 일단락되면서, 왠지 감개무량했다.

나, 학생회 활동, 해냈어…….

1년 전만 해도 상상조차 못 했던 자신의 상황이, 마치 꿈만 같았다.

이제 미즈토와 다시 맺어지기만 하면 완벽하겠지만—.

"곧 있으면 찾아올 12월 25일, 크리스마스 여자 모임을 가지겠다."

올해 학생회에 마침표를 찍듯, 쿠레나이 회장은 그렇게 선언했다.

"장소는 우리 집이다. 다들, 이성과의 볼일은 이브에 마쳐두도록!"

크리스마스이브— 12월 24일.

일본에서는 연인들의 제전인, 그날.

크리스마스 관련으로 가장 새로운 추억은, 2년 전— 미즈토가 밤에 집으로 찾아왔던 때까지 거슬러 올라간다. 그렇게 기뻤던 크리스마스는 평생 없었다. 그 후로 길게 이어진 불화의 시기를 겪었으면서도, 여전히 찬란히 빛나고 있을 정도다.

하지만 올해는, 그 크리스마스를 뛰어넘을 것이다.

선물도 생각해뒀다. 지금의 내 마음을, 가득 담은 것이다.

이걸로도 전해지지 않는다면, 더는 어찌할 방법이 없을 정도다.

나는, 자기 자신에게 한 맹세가 있다.

올해 안에 미즈토가 나를 좋아하게 만들자. ―그러지 못한다면, 내가 고백하자.

하지만, 상황이 변한 느낌이 들었다. 만약 올해 안에 결판을 내지 못한다면, 다시는 미즈토를 잡을 수 없을지도 모른다. 내년이 되면, 그는 다른 방향으로 돌아서며 다시는 나를 봐주지 않을지도 모른다.

잡고 말겠다.

반드시 잡고 말겠다.

절대로…… 안 놓칠 것이다.

―그러니, 오늘도 열심히 공세를 펼치자!

한집에 살아서 불편한 점도 있지만, 학교에 안 가는 날에도 접점을 만들 수 있단 것은 크나큰 이점이다. 남들의 눈길이 신경 쓰이는 어프로치 또한, 타이밍만 재면 얼마든지 할 수 있다. 오늘 밤에도 긴장 풀지 말고, 호의를 마구마구 드러내는 거야……!

"다녀왔습니다~."

현관에서 그렇게 말했지만, 대답은 없었다. 거실의 불도 꺼져 있었다.

엄마와 미네아키 아저씨도 아직 일하고 있을 시간이지만,

미즈토도 외출한 것일까. 이번 달에 들어서, 전보다 외출이 잦아진 느낌이 들었다.

계단을 올라가서 미즈토의 방을 향해 한 번 더 「다녀왔습니다」 하고 말해봤다. 그러자 문 너머에서 「어서 와」라는 대답이 들려왔다.

있다.

얇은 문을 열어보니, 그는 컴퓨터로 작업을 하고 있었다. ……혹시, 히가시라 양과 관련된 일일까.

나는 일단 방으로 돌아가서 실내복으로 갈아입었다. 오늘은 무방비한 느낌을 연출하기로 했다. 품이 낙낙한 셔츠와 퀼로트 스커트를 입고, 방을 나섰다.

그리고 1층에 내려간 나는 물을 끓여서 홍차를 탔다. 찻주전자가 놓인 쟁반을 들고 2층으로 돌아온 나는 미즈토의 방문에 노크했다.

"차 끓였는데, 안 마실래?"

물론 이것은 대의명분이다. 미즈토의 방에 들어가는 것이 최대 목적이다.

"으음……."

그런 내키지 않는 대답을 허락이라고 여기며, 나는 침입에 성공했다.

미즈토는 나를 돌아보지 않았다. 노트북 컴퓨터에 눈싸움을 벌이며, 뭔가를 생각하고 있었다. 그런 그를 방해할 생각은 없었다. 괜히 들러붙어서 그를 성가시게 만들면 본말 전도다.

나는 컴퓨터 옆에 쟁반을 둔 후, 찻잔 두 개에 홍차를 따랐다. 그리고 자기 찻잔을 든 후, 후후~ 하고 불어서 식히며 침대에 걸터앉았다.

뜨거운 홍차를 홀짝홀짝 마시며, 미즈토의 뒤통수를 응시했다.

딱히 말을 걸지도 않았고, 그와 신체 접촉을 하려고 하지도 않았다. 그저 여기 있는 것 자체가, 나의 오늘 목적이다.

즉, 여친 놀이 작전.

여기 있는 게 당연하다는 얼굴로 눌러앉아 있으면, 미즈토도 점점 신경이 쓰일 것이다. 일정한 선을 지키며 동거해 온 것이, 이제 와서 효과를 보이고 있었다. 히가시라 양처럼 가깝게 지냈다면, 이 정도는 어프로치라고도 할 수 없을 것이다.

찻잔의 홍차를 다 마신 나는 침대에서 일어난 후, 그것을 쟁반에 내려놨다. 그리고 별생각 없이 책장을 둘러보았고, 책 한 권을 아무렇지 않게 뽑아 들었다.

그 책을 손에 쥔 채, 침대에 드러누웠다.

품이 낙낙한 셔츠와 퀼로트 스커트를 입은 것도 이때를 위해서다. 퀼로트의 옷자락 아래로 뭔가가 보일 듯한 무방비한 느낌이 끝내준다, 라고 인터넷에 적혀 있었다.

나는 침대 위를 데굴데굴 굴러다니면서 책을 읽었다.

"……."

"……."

지금 생각해보면, 나는 중학생 때부터 이런 관계를 동경했던 걸지도 모른다.

온종일 들러붙어 있는 것도 좋지만, 이렇게 서로에게 폐가 되지 않는 행복한 침묵의 시간도 좋아했다. 미즈토와 히가시라 양의 관계에 과민하게 반응한 것도, 그 두 사람이 이런 식으로 시간을 보낼 때가 많아서일지도 모른다.

서로를 미친 듯이 좋아하는— 그런 시간은, 오랫동안 이어지지 않는다.

경험을 통해 알고 있다. 인간은 익숙해지는 생물이다. 바라던 것 이상의 행복조차도, 시간이 흐르면 익숙해지면서 가치가 풍화되고 만다.

그런데도 이어지는 무언가를 원하는 걸지도 모른다는 생각이, 문뜩 들었다. 가슴이 두근거리지 않더라도, 콩닥거리지 않더라도, 행복하다고 생각할 수 있는 관계를 원하는 것이다.

예전의 우리가, 하지 못했던 것—.

그걸 위해 지금은, 미즈토의 가슴을 조금이라도 빨리 뛰게 만들고 싶다.

어느새, 나는 자기도 모르게 무릎을 들고 있었다. 미즈토는 내 엉덩이 쪽에 있다. 만약 그가 돌아본다면, 허벅지 아래로 흘러내린 옷자락 사이로 내 엉덩이가 언뜻 보일지도 모른다.

여자애는 보통 이럴 때 서둘러 자세를 고친다. ……하지만 나는, 일부러 눈치 못 챈 척을 했다.

봐도 된다. 그래서 미즈토를 붙잡을 수 있다면— 얼마든지, 보여주겠다.

……아아. 나도 참 음란해졌네. 대체 누구 탓일까.

책임, 져줘야겠어—.

"—저기."

미즈토가 돌아보며 말을 걸어오자, 나는 고개를 살며시 들어서 그를 쳐다봤다.

"주전자와 찻잔을 치울 건데, 더는 안 마실 거지?"

"아, 응. 그래……."

미즈토는 쟁반을 들더니, 방에서 나갔다.

덜컹하는 소리를 내며 문이 닫히자, 나는 『어라?』 하며 고개를 갸웃거렸다.

시선을 전혀 느끼지 못했다…….

미즈토의 반응도 태연 그 자체였으며, 욕실에 린스를 가져다줬을 때나 가슴골이 보이는 옷을 입고 어프로치를 했을 때와는 태도가 하늘과 땅 차이였다.

……자극이 부족했던 걸까? 히가시라 양과 자주 같이 노

는 미즈토에게, 『이성이 자기 방에 있다』는 것은 가슴이 뛸 일이 아닌 걸까?

그렇다면……! 이건 어때!

덜컹하는 소리를 내면서 문이 열리더니, 미즈토가 돌아왔다.

바로 그때, 나는 침대 위에서 몸을 동그랗게 만 채 잠든 척을 했다.

눈을 가늘게 떠서, 미즈토의 반응을 확인했다. 미즈토는 나를 힐끔 쳐다보더니, 「남의 방에서 잠들지 마」 하고 중얼거렸다. 좋아, 작전대로야. 이제 책상 쪽으로 돌아서며 등을 보이기 전에―.

"으응……."

몸을 뒤척이는 것과 동시에― 자기 손을, 셔츠 안으로 집어넣었다.

그리고 난방이 너무 세서 그러는 듯이, 셔츠를 걷어 올렸다.

이거라면……! 이 정도면 충분히 자극적이야! 의식할 수밖에 없을 거야!

지나치면 조신하지 못해 보인다. 배를 드러내고, 갈비뼈를 드러내면서― 브래지어가 보일락 말락 하는 곳에서, 멈췄다.

어때?! 너를 좋아하지 않는 여자애가, 이렇게 무방비한 모습을 보일 리가 없잖아?!

나는 긴장한 탓에 감고 만 눈을, 다시 어렴풋이 떴다.

자, 어때? 미즈토는 어떤 표정으로 내 치태를―.

"……."

어렴풋이 뜬 내 눈에 보인 건, 미즈토의 등이었다.

나 따위는 눈길도 주지 않으면서, 컴퓨터를 향해 앉은 미즈토의 뒷모습이었다.

"……."

어째서?

얼마 전만 해도, 그렇게 효과가 있어 보였는데—.

그 모습을 본 순간, 나는 히가시라 양의 미즈토 공략을 응원할 때의 일을 떠올렸다.

속옷이 드러난 히가시라 양에게, 미즈토는『팬티 보여』하고 아무렇지 않게 지적했다.

마치 나를 여자로 보는, 스위치 자체를 꺼둔 것만 같았다—.

—옷 벗어 던지고 확 덮치는 수밖에 없지 않을까?

아소 선배의 말이, 뇌리에서 메아리쳤다.

이리도 미즈토 ◆ 비장의 카드

성욕을 길들이는 데 성공했다.

정확하게는, 흥분한 상태에 적응했다고 할까. —욕정을 느끼더라도, 그것이 시선 등의 행동에 드러나지 않도록 훈련한 것이다.

주로 인터넷의 이미지 검색을 이용해, 눈이 여자의 몸에 익숙해지도록 만들었다. 그것으로 흥분하지 않는 게 아니라, 흥분한 자기 자신에게 익숙해져서 제어할 수 있게 되는 것이 목적이다.

위안거리에 지나지 않는 훈련이지만, 자기 암시 정도는 된 것 같았다. 그 결과, 나는 유메가 아무리 유혹하더라도 고개를 돌릴 수 있게 됐다.

……결국 가장 효과가 있었던 것은, 책임도 못 지면서 유메에게 욕정을 느낀 자기 자신을 혐오한 그 순간이리라.

부작용으로서, 야한 일러스트를 보는 안목이 좋아졌다.

"이런 상황에서는 좀 더 습도가 느껴지는 편이 좋지 않을까? 알기 쉽게 땀이나 김 같은 것을 넣는 거야."

"호오. 옷이 젖어서 비치는 것만으로는 충분하지 않다는 말씀이옵니까. 미즈토 씨도 조예가 깊어졌군요."

이사나와 만날 때도 잡념에 사로잡히지 않았다.

나토라 씨는 서슴없이 이사나의 방 쓰레기통을 쳐다보더니…….

"이제 그만 덮치라고. 되게 징그러운 애네."

그렇게 말했지만, 프로듀스 상대와 남녀관계가 되는 것은 일반적으로 생각했을 때 건전하다고 할 수 없으리라.

그렇게 유메의 공격을 견뎌낸 나는 드디어 이날— 12월 24일을 맞이했다.

"우와…… 엄마, 이 케이크는 뭐야?"

유니 씨가 사온 케이크가 테이블 위에서 모습을 드러내자, 유메는 신기하다는 듯이 쳐다봤다. 그러자 유니 씨는 심술궂은 미소를 짓더니…….

"좀 어른스러운 케이크야."

"어른스러운 케이크?"

"술이 들어갔어."

어, 하고 놀란 유메는 노란색 스펀지케이크와 살짝 거리를 뒀다.

"우리가 먹어도 괜찮은 거야……?"

"괜찮아, 괜찮아! 법률적으로 문제없어! 알코올도 많이 들어가지는 않았거든!"

정말일까? 하며 스마트폰으로 검색해보니, 일본의 법률상『술』은 어디까지나 알코올이 들어간『음료』인 것 같았다. 즉, 음식인 케이크나 초콜릿은『술』에 포함되지 않는다. 좀 꼼수 같은걸…….

"이런 것도 경험이란다. 너무 많이 먹지만 않으면 돼. 평범한 케이크도 사왔으니 말이야."

아버지도 그렇게 말했기에, 유메도「으음, 그럼 조금만……」하고 말하며 납득했다. 뭐, 대학교에서의 술자리에서 처음으로 알코올을 접하는 것보다는 보호자의 감독하에서 접하는 편이 훨씬 나을 것이다.

"그럼, 메리 크리스마스~!"

그렇게, 이리도 가족의 크리스마스이브는 평온하게 흘러갔다.

도중에 아직도 이사나가 내 여친이라고 생각하는 유니 씨가「미즈토 군, 이브를 히가시라 양과 같이 보내지 않아도 괜찮은 거야~?」하고 놀리는 투로 말했지만, 이미 익숙해진 나는「걔는 계절감이 없거든요」하고 대충 대꾸하며 넘어갔다.

케이크와 저녁을 다 먹은 후, 혼자만 식탁에서 코타츠로 이동한 나는 텔레비전에서 하는 크리스마스 특집 방송을 BGM 삼으면서 책을 읽었다.

양주가 들어간 케이크를 먹어서 그런지, 몸이 훈훈해지면서 기분도 조금 개방적으로 됐다. 한동안은 이 기분 좋은 느낌에 빠져 있는 것도 나쁘지 않으리라.

유메는 테이블에서 아버지, 유니 씨와 이야기를 나누고 있었다. 우등생은 가족에게 들려줄 이야기가 많아서 좋겠는걸.

하지만 곧 아버지는 욕실 청소를 하러 갔고, 유니 씨는 부엌에서 설거지를 시작했다. 홀로 남겨진 유메는—.

"기분은 어때?"

내 쪽으로 오더니, 코타츠에 발을 집어넣었다.

나는 약간 경계했지만, 유니 씨가 부엌에 있는 상황에서는 대담한 짓을 하지는 못할 것이다.

"기분이라니?"

"술이 들어간 케이크, 꽤 많이 먹었잖아?"

"딱히 달라진 건 없어. 조금 더운 정도야."

"그렇구나……."

왠지, 목소리가 좀 흐물거리는 것 같잖아.

그렇게 생각한 바로 그 순간이었다.

유메가 옆으로 털썩 쓰러지더니, 어리광 부리는 고양이처럼 내 허벅지에 머리를 얹었다.

"이, 이……!"

"으음…… 진짜네. 따뜻해……."

코타츠가 가려주는 덕분에, 부엌에 있는 유니 씨에게는 드러누워 있는 유메의 모습이 보이지 않았다.

그렇다고 해도, 정말 대담한 범행이었다.

평소의 유메라면, 이런 위험한 짓은 절대 하지 않을 것이다. 대체—.

"에헤헤……."

나는 유메의 얼굴이 벌게졌다는 사실을 눈치챘다.

혹시— 취한 걸까? 그 양주 케이크를 먹고?

아까까지는 아무렇지 않게 부모님과 이야기를 나눴으면서, 내 옆에 오자마자 긴장이 풀린 것처럼—.

"……여기서 잠들지 마. 자기 방에 돌아가."

"으응…… 시러. 목욕할래……."

"그래. 목욕해. 그리고 정신 좀 차려."

"……저기, 미즈토."

"응?"

"방에 안 갈래?"

유메가 어리광을 부리는 어조로 던진 그 말을 들은 순간, 나는 딱딱하게 굳어버렸다.

"나…… 너한테 줄게, 있어……. 크리스마스, 선물…… 부모님 앞에서는, 못 주는, 거니까……."

……크리스마스 선물.

그 말을 들은 순간, 내 뇌리에는 2년 전에 받은 깃털 모양 장식이 달린 목걸이가 떠올랐다.

"……나는, 아무것도 준비 안 했어."

"괜찮아. ……내가, 주고 싶을 뿐이야."

한사코 매달리듯, 유메는 내 바지를 움켜쥐었다.

"그 정도는, 괜찮지……?"

안 돼, 하고 말할 수는 없었다.

그렇게 단호하게 거절하기엔, 나는 그녀를 너무 좋아했다.

"알았어. ……하지만, 술이 깨게 먼저 목욕부터 해."

"응……. 그래. 그편이 좋을 거야."

마침 그때, 아버지가 「욕실 청소 마쳤어~」 하고 말하면서 돌아왔다.

유메는 천천히 몸을 일으키더니, 「저, 먼저 씻을게요」 하고 선언했다. 그리고 그대로 거실에서 나가더니, 목욕 준비를 하기 위해 방으로 돌아갔다.

"……휴우."

설마 그 정도 알코올에 취할 줄이야. 유전적으로 약한 걸까? 하지만 유니 씨가 술에 거나하게 취한 모습은 본 적이 없다. 게다가—.

"……."

—그런 건가?

이리도 미즈토 ◆ 고백하기에는 지나치게 좋아한다

유메는 결국 가족 전원이 목욕을 마치고 아버지와 유니 씨가 침실에 들어간 후에야, 내 방에 찾아왔다.

"……고마워."

그렇게 말하며 들어온 잠옷 차림의 유메에게서는, 아까 같은 나른한 분위기를 찾아볼 수 없었다.

"술은 깼어?"

"응. 네 덕분에 말이야."

"아까는 취한 척한 거지?"

내가 갑자기 그렇게 말하자, 유메는 한순간 움찔했다.

"주량은 유전으로 정해진다잖아? 유니 씨는 시골의 술잔치에도 아무렇지 않게 따라갔고, 케이코인 씨도 일전에 와인을 마시면서 낯빛조차 변하지 않았어. —그런 두 사람의 자식인 네가 그렇게 술에 약할 리가 없잖아."

물론 단정 짓기에는 근거가 빈약하지만, 반응을 보아하니 맞는 것 같았다.

유메는 술에 취한 척을 했다. —선물 이야기를 꺼내기 위해서 말이다.

"……정말 섬세하지 못하다니깐. 여자애의 취한 척 정도는 눈감아주면 안 돼?"

"그거 미안하네. 장래에 사기에 당하지 않도록 조심하고 있거든."

나는 침대에 걸터앉은 후, 원망스러운 표정을 짓고 있는 유메를 쳐다봤다.

"그래서? 그렇게까지 하면서 나한테 주려는 선물이 대체 뭔데?"

분위기는 만들게 두지 않겠다. 나는 최대한 퉁명한 어조로 그렇게 물었다.

유메는 「응……」 하고 말하며 고개를 끄덕이더니, 성큼성큼 다가와서 내 바로 옆에 털썩 앉았다.

"뭐……."

내가 떨어지려 하자, 유메가 내 팔을 움켜잡았다.

"안 돼. ……도망치지 마."

유메는 커다란 눈동자로, 호소하듯 나를 응시하더니…….

"이래 봬도…… 엄청, 용기, 내고 있단 말이야."

분위기 만들기 스테이지에서는, 상대방이 더 우세한 것

같았다.

진지한 상대를 조롱할 수 있을 만큼, 나란 녀석은 경박하지 못했다.

유메는 호주머니를 뒤적거리더니, 손바닥에 쏙 들어오는 크기의 조그마한 선물 상자를 꺼냈다.

"이거…… 열어봐."

나는 그것을 받았다. 리본으로 묶여 있는 것 같지만, 단순한 장식 같았다. 그냥 뚜껑만 당겨서 열면 되는 것 같았다.

나는 말라비틀어진 목을 침으로 적셨다. 이 뚜껑을 연 순간, 결정적으로 뭔가가 변하고 만다. ―그런 근거 없는 직감이, 나를 긴장하게 했다.

손을 꼭 말아쥐며, 떨림을 억눌렀다.

이제, 어쩔 수 없다.

나는 긴장한 손길로, 천천히 선물 상자를 열었다.

"아……."

직감은, 적중했다.

선물 상자에 들어 있는 건 은으로 된, 날개 모양 장식이 달린―.

―반지였다.

"2년 전― 깃털 모양 장식이 달린 목걸이를 선물했던걸, 기억해?"

반지를 보며 딱딱하게 굳어있는 나에게, 유메가 말했다.

"올해는, 그걸 뛰어넘고 싶어서…… 날개로 했어. 그리고—."

끼익하며 침대 스프링이, 살며시 삐걱거렸다.

"—실은, 그거, 두 개가 세트야."

유메의 목소리에는, 결의가 어려 있었다.

"두 개의 날개가 합쳐져서, 비로소 하나가 되는…… 그런, 커플링이야."

—비익조(比翼鳥), 라는 말이 뇌리를 스쳤다.

날개를 하나만 지닌 그 새는, 암수가 짝을 이뤄야만 비로소 날 수 있다. —남녀가 깊게 맺어지는 것을 가리키는 비유다.

"다른 하나는, 안 샀어. ……네가 사서, 나한테 선물, ……해 줬으면 해."

……이건, 약았잖아.

너는 정말, 자기 입으로는 말하지 않을 생각이구나.

어디까지나, 내가 말하게 할 작정이구나.

나에게— 결정하게 할 생각이구나.

하지만, 말 이외의 것으로 이렇게 주장하다니…….

나는…… 나는, 이렇게 괴로운데, 이런 식으로, 한결같이…….

—약았어.

나도, 너처럼, 감정에 솔직하게 살고 싶다.

"이건……."

목이 완전히 말라버린 탓에, 몇 번이나 말을 잇지 못했다.

이제부터 내뱉으려 하는 말을, 못 하게 막는 것만 같았다.

"이건, 받을 수 없어……."

나는 조용히, 선물 상자의 뚜껑을 닫았다.

"나는……, 너의, 날개가, 될 수 없어……."

정말, 정말 슬펐다.

하지만, 그것이 사실이었다.

우리는 알고 있다. 누구보다 잘 알고 있다.

고백 따위, 붕괴의 서장에 지나지 않는다.

아무리 좋아해도, 그 감정은 언젠가 풍화되고, 성가시게 느껴질 것이며, 결국 자기 자신만 생각하게 된다.

이번에는 그 일에, 아버지와 유니 씨까지 휘말리고 만다.

그것이 너에게 얼마나 상처를 줄지, 나는 안다. 유니 씨를 위해 성을 바꿨다. 전 남친이 사는 집으로 이사까지 왔다. 그렇게까지 하며 지킨 가정을, 너 자신이 부수는 광경을, 나는— 나는 절대, 보고 싶지 않다.

차라리, 너를 아무렇지도 않게 여긴다면 좋았을 것이다.

중학생 때 아무 일도 없었고, 가족이 되고도 변변찮게 이야기를 나누지 않아서, 너에 대해 아무것도 모르기에, 너를 전혀 염려하지 않았다면, 분명 별생각 없이 자신의 욕망에 충실할 수 있을 것이다.

내가, 너에게, 이 감정을 쏟아내기엔, 나는 너를, 지나치게 염려하고 있었다.

고백하기에는— 지나치게 좋아한다.

그러니—.

"—싫어."

그 모든 마음을 끊어내는 듯한 말이, 귓가에서 들려왔다.

다음 순간, 갑작스러운 압력에 밀쳐진 나는 그대로 침대에 털썩 쓰러졌다.

그런 내 배 위에, 유메가 올라탔다.

사슬처럼.

바위처럼.

"절대로. 안 놓칠 기라고…… 말했지?"

유메는 두 무릎으로 내 두 팔을 눌러서, 상반신을 자유롭게 움직이지 못하게 했다.

그 후, 자신의 잠옷으로 손을 가져갔다.

"뭐, 뭐 하는……!"

"시끄러워. 조용히 해……. 부모님이 들으려면, 어쩌려고 그래."

남녀의 차이가 있다고는 해도, 손만으로 유메의 발을 밀쳐낼 수는 없었다.

결국 나는, 유메가 자기 손으로 잠옷 자락을 걷어 올리는 광경을 봤다.

마치 들이대기라도 하듯, 연분홍색 브래지어에 감싸인 봉긋한 가슴이, 내 눈앞에 훤히 드러났다. 새하얀 복숭아 같은 피부를, 복잡한 레이스 무늬가 장식하고 있었다. 금방이라도 브래지어 밖으로 흘러나올 듯한 가슴이 호흡에 맞춰 위아래로 움직이는 광경을, 나는 그저 숨을 삼키며 뚫어지게 쳐다볼 수밖에 없었다.

유메는 아직 멈추지 않았다. 다른 한 손으로 바지의 허리춤을 잡더니, 그대로 쑥 내렸다. 브래지어와 같은 색깔을 띤, 조그마한 리본이 달린 팬티가, 남자와는 명백하게 다른 사타구니를 겨우겨우 가리고 있었다.

현기증이 나서 어질어질했다.

목욕수건을 친 모습도, 브래지어만 따로 본 적도 있다. 하지만 유메의 속옷 차림을 본 것은 이번이 처음이었다. 게다가 우연이 아니라 명확한 의지를 품고 보여주고 있었기에, 여자의 몸에 익숙해지려고 본 인터넷상의 이미지 따위는 전혀 도움이 되지 않았다.

"……봐."

유메의 얼굴은, 귀까지 새빨개져 있었다.

그래도 그녀는, 나에게서 눈을 떼지 않았다.

"중학생 때보다…… 발육이 좋아졌지? 흥분……되지 않아?"

유메는 절대 놔주지 않겠다는 듯이, 내 어깨에 손을 대더니…….

"나는, 알아……. 너는, 나를 상대로 흥분해. 욕실에…… 들어갔을 때, 보기도 했는걸."

상반신을 앞으로 기울여서, 긴 머리카락으로 내 얼굴을 가두더니…….

"그러니까…… 도망칠 수 없어. 얼버무릴 수 없어. 아무리 마음에 없는 척을 해도…… 나만은, 못 속여."

살며시, 내 볼을, 애정을 담아 쓰다듬었다.

"아니면…… 브래지어도, 확, 벗을까?"

유메는 내 대답을 기다리지 않으며, 다른 한 손을 등 뒤로 돌렸다.

바로 그때, 나는 유메의 무릎에 깔려 있던 오른팔을 겨우 뺐다.

그리고 유메의 손을, 움켜잡았다.

"그만, 해……."

그리고, 쥐어짜 낸 듯한 목소리로 말했다.

"왜……?"

"나는…… 나는, 싫어……! 너를, 이렇게, 욕망의 대상으로만 보는 게……!"

"……!"

유메가, 눈을 희미하게 치켜떴다.

"왜 알아주지 않는 거야……?! 나는 이렇게…… 이렇게나, 생각이 많은데……! 왜 너는, 생각 없이 행동하는 거냐고……!!"

이대로 확 끌어안고 싶다.

저 잘록한 허리를, 새하얀 어깨를, 힘껏 안아주고 싶다.

하지만 그런 욕망은, 미래로 이어지지 않는다.

"너도 조금은 생각 좀 해……! 언제까지 꿈만 꿀 거야! 중학생 때 그렇게 힘들어했으면서, 왜 아직도 이렇게 순진무구한 건데……?!"

약았다.

약았어.

왜 너만, 눈앞의 사랑에 이렇게 빠져들 수 있는 거야.

"내 머릿속은 쭉 엉망진창이었어……! 뭐가 올바른지 알고 싶은데, 그 답을 찾을 수가 없단 말이야! 이럴 바에야—."

이럴 바에야.

"—가족 같은 건, 안 되는 편이 나았을 거야."

그렇다.

전부, 그 탓이다.

중학교를 졸업한 그날, 깨끗하게 전부 끝났다면 이런 일은 벌어지지 않았을 것이다.

나는 분명 이사나의 고백을 받아줬을 테고, 지금쯤은 그 애의 일러스트를 널리 알리는 것만 생각하고 있을 것이다. 쓸데없이 욕망을 쌓아두지 않고, 적당히 발산하면서, 평범한 고등학생처럼, 지금 하고 싶은 일에만 몰두할 수 있었을 것이다.

가정 따위, 인생 따위, 짊어지게 만들지 마.

나는 평범한 고등학생이다. 열여섯 살에 지나지 않는다. 그저 주어진 환경이 특수할 뿐이다.

이런 건— 나에게, 버거워…….

"미안해……."

유메가, 작은 목소리로 중얼거렸다.

그 순간, 나는 눈치챘다.

해선 안 되는 말을 하고 말았단 사실을…….

"미안해……. 나, 아무 생각, 없이……. 그저, 미즈토가…… 미즈토가, 나를 두고 가는 게, 싫어서……."

아니다.

아니다, 아니다, 아니다.

울리고 싶었던 게— 아니다.

"미안해……."

유메는 몸을 치우더니, 반쯤 벗은 잠옷을 고쳐 입었다.

"정말, ……미안해……."

그리고 유메는, 도망치듯 내 방에서 나갔다.

나는, 한 발짝도 움직이지 못했다.

전등이 눈부시게 빛나고 있는 천장을, 그저 멍하니 쳐다봤다.

—아아.

—아아…….

—아앗……!

"—큭!!"

온 힘을 다해, 침대를 내려쳤다.

그런다고 달라지는 건, 없었다.

제4장 옛 나날의 마침표

호시베 토도 ◆ 각오와, 용기와

이제까지, 크리스마스는 완전히 남 일이었다.

믿지도 않는 종교의 믿지도 않는 위인의 생일이니까, 남 일인 게 당연할지도 모르지만— 나에게 있어서는 연인이 있는 이들이 즐거워하고, 없는 이들이 괜히 떠들어대는, 그뿐인 기묘한 날이었다.

설마 그런 크리스마스에 이렇게 연인과 함께 거리로 나가게 될 거라고는, 한 달 전까지는 꿈에도 몰랐다.

견해라는 것은 쉽게 변한다는 생각이 들었다. 작년까지는 남 일이었는데, 올해는 마치 우리를 위해 존재하는 날처럼 느껴졌다.

"하아…… 벌써 어두워졌네요."

아이사가 밤하늘을 올려다보며 말했다.

한겨울이라고 해도 과언이 아닌 시기다. 분명 몇 시간 전에도 밤이 찾아왔을 테지만, 조명 장식을 보거나 식사를 하느라 하늘을 올려다볼 짬이 없었다.

그 정도로, 눈길을 끄는 애다. 아소 아이사란 여자는 말이다.

하지만 이런 시간도 오늘은 곧 끝난다. 밤이 더 깊어지기 전에 집까지 바래다주자. 그렇게 생각하면서도, 나는 아무 말도 하지 않았다.

아쉬워하는 걸까? 기특한걸. 이 덩치에는 어울리지 않아.

쓸쓸하다 해도, 이제는 딱히 할 일이 없다. 크리스마스다운 일은 얼추 다 했다. 남은 것이라곤—.

"……저기, 선배."

아이사가 맞잡은 손을, 살며시 당겼다.

"가보고 싶은 곳이…… 있는데요."

이 시간에 말이야?

그런 질문을 준비하면서 옆을 쳐다보니, 머플러로 입가를 가린 채 얼굴을 붉히고 있는 여자애가 보였다.

그 표정에, 모든 의도가 담겨 있었다.

각오와, 용기와—.

"리벤지할 기회를, 주지 않겠어요……?"

이리도 유메 ◆ 크리스마스 여자 모임

쿠레나이 회장의 집은 예상대로, 텔레비전에서 소개될 듯한 호화로운 저택이었다.

3층 건물이고, 차를 세 대나 주차할 수 있는 차고가 있으며, 또한…….

"부모님의 집이거든. 내가 자랑할 건 아니지만…… 다행히, 거실은 넓지."

거실은, 몇 평이나 되는지 짐작조차 되지 않았다.

쭉 맨션에서만 살아온 나는 이리도 집안으로 이사하면서 컬처 쇼크를 살짝 받았다. 하지만 이건 차원이 달랐다. 분류적으로는 부엌과 식당을 겸한 거실이지만, 내가 살고 있는 집의 두 배 이상 되는 것 같았다. —대략, 스무 명 정도가 홈 파티를 열어도 여유가 있을 듯한 넓이였다.

이러니까 친구를 데려와도 된다, 란 말을 아무렇지 않게 한 것이다.

"아하하하하! 대박 넓네~!"

"미국이야……. 이건 미국 그 자체야!"

"니는 미국을 대체 뭐라고 생각하는 기고?"

아카츠키 양은 들떴고, 마키 양은 아연실색했으며, 나스카 양은 태클을 날렸다.

크리스마스까지 학생회를 우선한 게 마음에 걸렸던 나는 친구를 이 모임에 불렀다. 세 명이나 불러도 괜찮을지 걱정했지만, 기우에 지나지 않았다.

마키 양의 말대로, 미국 사람의 집을 연상케 할 만큼 넓은 거실에는 쿠레나이 회장과 아소 선배의 친구로 보이는 여성들도 있었다. 아소 선배한테도 동성 친구가 있다는 사실에 충격을 받았지만, 더 놀란 것은 쿠레나이 회장에게 친구가 이렇게 많다는 점이었다. 여섯 명? 일곱 명? 여덟 명? 고등학생도 있고, 대학생으로 보이는 이도 있었으며, 외국인으로 보이는 여성 또한 섞여 있었다.

그 사이에서 쓸쓸히 혼자 있는 아담한 체구의 여자애가 한 명 있었다.

"안녕, 아스하인 양."

"앗, 이리도 양…… 안녕하세요."

아스하인 양은 나를 보더니, 안도한 듯한 표정을 지었다.

초대한 친구에게 일일이 인사를 건네고 있는 회장에서 신경 써달라고 하는 건 좀 그렇지만, 회장 외에는 아는 얼굴이 없었기에 여러모로 마음이 안 놓였을 것이다.

하지만 우리는 학년이 같고, 아카츠키 양과는 이미 아는 사이이다. 그러니 그나마 어울리기 편하지 않을까 싶었다.

"아소 선배는 어떻게 됐어? 아까부터 안 보이는데……."

"늦잠 잤나 봐요. 턱걸이로 겨우 도착할 것 같다네요."

"늦잠……."

지금은 저녁때인데, 대체 몇 시에 잠든 것일까.

"아. 소개할게, 아스하인 양. 이쪽은—."

나는 아스하인 양을 마키 양과 나스카 양에게 소개했다. 마키 양은 아스하인 양의 가슴을 보더니, 「이리도 양은 글래머를 불러 모으는 특별한 인자라도 지닌 거야?」 하고 말했지만, 두 사람 다 사교성이 좋으니까 좀 까다로운 편인 아스하인 양과도 친하게 지낼 것이다.

아스하인 양을 포함해서 나누는 담소가 궤도에 올랐을 무렵, 갑자기 가슴이 무거워졌다.

—너도 조금은 생각 좀 해……!

그런 식으로…….

그런 식으로, 애처롭게 화내는 미즈토는 처음 봤다.

나에게 있어 그는 항상 이상적인 남친이자, 불구대천의 숙적이며, 믿음직한 가족이다.

그런 그가, 칭얼대는 어린애처럼 화내는 모습을, 본 적이 없다.

그 정도로…… 고민한 것이다.

특기인 포커페이스가 무너질 정도로. 평소의 여유를 유지하지 못할 정도로.

나는…… 아무 생각도 없었다.

중학생 때처럼, 주위 사람의 연애를 동경하고, 꿈꿔온 관계를 갈구했다…….

미즈토의 말처럼— 우리가 가족만 아니라면, 그래도 된다.

그것이 평범한, 고등학생의 연애다.

나는 그 현실을, 무의식적으로 쳐다보지 않으려 한 것일지도 모른다.

하지만, 마음 한편으로는 눈치채고 있었다.
그렇지 않다면—.

—잠시만 더, 이대로.

—그런 생각을 할 리가 없다.
부질없는 연기.
비겁한 모라토리엄.
그것을 알면서도, 나는 이 모라토리엄을 영원하게 만들 방법을 생각하지 않았다.
미즈토에게— 떠넘기려 했다.
미루는 것보다, 연기하는 것보다…… 그게 가장, 비겁한 짓인데도 말이다.
"아~! 늦어서 미안해~!"
슬슬 건배를 하려던 타이밍에, 아소 선배가 그제야 모습을 보였다.
하지만, 어째서일까. 목소리가…….
나는 아소 선배에게 다가가서 물었다.
"선배, 어떻게 된 거예요? 목이 쉰 것 같은데요……."
"아~, 유메찌……. 그게, 뭐, 신경 쓰지 마……. 너무 소리를 질러댔을 것뿐이야……."
밤새 노래방에서 놀기라도 한 것일까?

이어서 쿠레나이 회장이 자신의 친구 군단 사이에서 나오더니…….

"여어, 아이사. 방금까지 곯아떨어져 있었다지? 방에만 있는 정월이 아니라 방에만 있는 크리스마스라니, 꽤 참신한걸."

"어젯밤에 거의 못 잤거든……. 한 번 깼다 다시 잠들었더니, 어느새 이런 시간이……."

"—호오?"

어느새 내 뒤편에 선 아카츠키 양이 엉큼한 미소를 머금으며 반짝이는 눈으로 쳐다봤다.

"거의? 못 잤다? 크리스마스이브에? 호오호오호오……."

—어.

설마.

나와 쿠레나이 회장은, 일제히 아소 선배를 쳐다봤다.

"어, 뭐야? 정말……."

아소 선배는 밀려난 것처럼 한 걸음 물러났다. 그러면서 선배가 블라우스의 옷깃을 눌러서 목덜미를 숨기려 한 순간을, 나와 회장은 놓치지 않았다.

회장은 옅은 미소를 머금었다.

"어젯밤에는 꽤나 즐겼나 보지?"

"……에헤. 맞아."

아소 선배는 체념한 것처럼, 멋쩍은 미소를 머금었다.

그리고…….

"큰일이었다니깐~! 크리스마스에 호텔이 그렇게 붐비는 줄 몰랐어! 그래도 정말 즐거웠어! 신기한 게 잔뜩 있지 뭐야! 다들 꼭 가봐~!"

어마어마하게 유세를 부리기 시작했다.

회장은 아소 선배의 이마를 두드려서 말을 막았고, 나는 애매한 미소를 흘렸다. 어른의 계단을 올랐다고는 해도, 아소 선배는 변함이 없는 것 같았다.

하지만, 그랬구나. 어젯밤에…….

내가 미즈토에게 속옷 차림을 보여주고 있을 때, 선배는 호시베 선배와 목이 쉴 정도로…….

……우와. 우와아~!

말로 형용할 수 없는 부끄러움과, 말로 형용할 수 없는 분함을 동시에 느낀 나는 머릿속이 확 끓어올랐다. 그리고 반동처럼— 아소 선배는 이렇게 순조로운데 왜 나는 잘 풀리지 않는 걸까, 하는 생각에 기분이 확 가라앉았다.

"……유메찌? 유메찌?"

정신을 차려보니 아소 선배의 귀여운 얼굴이 코앞에서 나를 들여다보고 있었기에, 나는 허둥지둥 몸을 뒤편으로 뺐다.

"왜 그래? 표정이 좋지 않네."

"으, 음……."

내가 대답하지 못하자, 아소 선배는 곧 뭔가를 눈치챈 것 같았다.

선배는 슬그머니 내 옆으로 다가오더니, 작은 목소리로 속삭였다.

"(혹시, 전에 내가 말해준 거…… 실패했어?)"

"(……네.)"

내가 머뭇머뭇 고개를 끄덕이자, 아소 선배는「그랬구나……」하고 한숨 섞인 목소리로 말하더니…….

"(뭐, 괜찮아~ 괜찮아~!)"

내 어깨를 꼭 끌어안으면서, 활기찬 목소리로 말했다.

"(유혹 한두 번 실패한다고 다 끝나는 것도 아니잖아! 저기 있는 천재 소녀를 봐! 재가 몇 번 죠한테 들이댔다가 거부당했을 것 같아?)"

…………………….

"(아하…….)"

"(내 말, 이해되지~?)"

"왠지 불쾌한 대화가 들려온 것 같은 느낌이 든다만……."

다른 친구와 이야기를 나누던 회장이 미간을 찌푸리며 우리를 돌아봤다.

아차, 하고 중얼거린 아소 선배는 아무 일도 아니라는 듯이 둘러댔다.

"(나도 1년 넘게 감감무소식이었어! 하지만 대역전 끝에, 어제…… 어제…… 우헤헤~.)"

히가시라 양을 연상케 하는 오타쿠 웃음을, 아소 선배가 흘렸다.

나는 옅은 미소를 머금으며 말했다.

"(어제, 참 즐거웠나 보네요.)"

"(응……. 끝내줬어……♥)"

눈이 하트 모양으로 변한 것처럼 보였다.

아소 선배는 지금, 머릿속이 호시베 선배로 가득 차 있을 것이다.

"(—헉! ……아무튼, 너무 신경 쓰지 마! 겁먹지 말고 계속 다가가면, 곧 상대방도 넘어올 거야!)"

"(……하지만.)"

아마, 이미 넘어오기는 했을 것이다.

하지만 지금의 우리는, 그것을 실행에 옮길 자격이 없다.

각오가— 되어 있지 않았다.

"(으음~. 뭐가 문제인지는 모르겠지만 말이야.)"

아소 선배는 기운을 북돋아 주려는 듯이 내 어깨를 안은 손에 힘을 줬다.

"(제대로 이야기를 나누며 상대에 대해 알게 되면, 어찌어찌 되는 법이야. ……고베에서, 나한테 그러라고 말해줬잖아?)"

"(아…….)"

그렇다.

나는 생각했다. 그때, 차이고 우는 선배를 보면서…….

진심으로 마주한다면, 진심으로 답해준다.

그리고, 아소 선배는 진심으로 호시베 선배와 마주했다.

호시베 선배는, 그 진심에 진심으로 답해줬다.

그 모습에 용기를 얻었기에, 나는 지금 이러고 있는 것이다.

—그렇다면, 나도…….

미즈토가 진심으로 생각하고 있는 것과, 진심으로 마주해야만 하지 않을까—.

"—자. 슬슬 건배하도록 할까!"

쿠레나이 회장이 알코올이 들어 있지 않은 스파클링 와인을 손에 쥐며 말했다.

"그럼 성스러운 밤과, 여자가 된 아소 아이사를 축하하며~!"

""""건배~!!""""

"잠깐, 부끄러워! 부끄럽단 말이야, 스즈링!!"

내가 되어야 하는 건 여자가 아니다.

이리도 미즈토와 누구보다도 마주해온, 한 명의 인간이다.

이리도 미즈토 ◆ 게임에서 이기는 방법

"여어, 미즈토~. 살아있냐~?"

바닥에 널브러져 있는 나에게, 돌아온 카와나미가 대충 말을 건넸다.

내가 겨우겨우 손을 들어 보이자, 카와나미는 테이블 위에 비닐봉지를 내려놓고 뒤지기 시작했다.

"먹을 걸 대충 사 왔어. 닭튀김 도시락과 마파두부 덮밥 중에 뭐 먹을래?"

"……마파두부 덮밥."

"의외로 매운 걸 좋아하는구나."

여기 있어, 하고 말한 카와나미는 내 앞에 따뜻한 마파두부 덮밥을 뒀다.

비틀비틀 몸을 일으킨 나는 마파두부가 들어 있는 접시를 분리한 후, 두부가 섞인 빨간색 액체를 새하얀 밥 위에 신중히 끼얹었다.

맞은편에서는 카와나미가 도시락의 비닐을 뜯은 후, 나무젓가락을 쪼개고 있었다.

"때로는 편의점 밥을 먹으며 크리스마스를 보내는 것도 나쁘지 않다고~. 네가 재워달라며 찾아왔을 때는 무슨 일 있나 했지만……."

여기는 카와나미의 방이다.

나는 오늘 얕은 잠에서 깨자마자 카와나미에게 연락했고, 도망치듯 그의 집에 찾아와서 눌러앉았다.

"뭐, 얼마든지 피난처로 삼으라고. 누구나 여자한테서 도망치고 싶어질 때가 있거든."

"……고마워."

"솔직하네."

카와나미는 나한테 자초지종을 묻지 않았다. 툭하면 남의 연애 상황을 캐묻는 평소의 이 녀석과는 달랐다. 여자와의 일로 괴로운 경험을 한 자신을, 지금의 나와 겹쳐서 보고 있는 걸지도 모른다.

나는 그와 달리, 유메의 몸에 손을 대는 걸 질색하지는 않는다. 오히려 기분 좋다고 여기며— 그 기분 좋은 느낌에 휩쓸리고 싶다. 그리고 그런 나 자신이, 싫은 것이다.

또 유메가 애정 표현을 하면, 그런 상황이 펼쳐지지 않을지— 두려웠다.

그리고 이번에야말로, 돌이킬 수 없는 짓을 저지르지 않을지— 무서웠다.

이렇게 도망친다고 해서, 아무것도 해결되지 않으리라는 것을 알면서도—.

매운 마파두부 덮밥을 물도 안 마시며 입에 욱여넣는 건, 그야말로 자해행위였다. 그와 동시에, 배가 차면서 조금은 정신이 안정되는 단순한 자기 자신도 관측할 수 있었다.

—마치 남의 일 같은걸.

이런 상황에 부닥치고도, 나는 자기가 처한 상황을 남의 일인 것처럼 응시하고 있었다.

"몸을 일으킬 기운이 났다면, 게임 상대라도 되어달라고."

식사를 마치고 그릇을 치우자, 카와나미는 텔레비전 앞에 앉아서 컨트롤러를 손에 쥐었다.

그 컨트롤러를 넘겨받은 나는 느릿느릿 말했다.

"게임에는 익숙하지 않아."

"누구나 처음에는 익숙하지 않다고~. 고베에서 같이 하면서 생각한 건데, 너는 안 해봤을 뿐이지 센스는 있는 타입이야."

그렇게 말한 카와나미는 다른 컨트롤러를 쥔 후, 게임기의 전원을 켰다.

게임, 이라…….

그러고 보니, 케이코인 씨가 지금 만드는 게임이 어떤 건지 모르네.

카와나미는 메뉴 화면에서 적당한 소프트를 고르더니, 「일단 혼자 하면서 조작에 익숙해지라고」 하고 말했다. 화면이 트레이닝 모드로 바뀌자, 나는 스틱과 버튼을 차례차례 조작해봤다. 이게 점프, 이게 공격—.

"역시 머리가 좋네. 컨트롤러를 만져본 적이 거의 없는 애 같지 않아~."

"머리가 좋은 것과 게임은 상관없잖아."

"그렇지도 않거든~? 프로 게이머가 실은 엄청난 학력의 소유자인 경우도 드물지 않아. 게임을 잘하는 애는, 게임을 잘하는 방법을 생각하는 게 능숙해. 올바른 답을 찾는 방법을 감각적으로 알고 있다고나 할까……."

"사고방식을 알고 있다는 거야?"

"바로 그거야. 조작의 정밀도나 반사신경도 중요하지만,

그런 걸로는 친구 사이에서나 1등을 할 수 있을걸? 전국이나 세계 레벨이 되면 사고방식을 알아야만 싸워나갈 수 있어. FPS 같은 게임의 프로 팀에는 적 팀을 분석하는 게 전문인 애널리스트가 있다는 건 알고 있냐?"

"흐음……. 확실히 게임은 할 수 있는 일의 범위가 정해져 있으니까 말이야……."

"응? 무슨 소리야?"

"예를 들어 이 캐릭터의 이 펀치는 어느 정도의 속도로 날릴 수 있는지 정해져 있고, 아무리 노력해도 그건 달라지지 않아. 현실의 스포츠에선 더 빠르게 펀치를 날리는 게 가능할지도 모르지만, 게임에서는 불가능해. ―단순한 피지컬만으로는 한계가 있는 만큼, 남은 부분은 두뇌로 메울 수밖에 없는 거야."

"오~. 이래서 너한테 머리가 좋다고 한 거야. 평범한 인간은 순식간에 거기까지 생각하진 못하거든."

……내 머리가 정말 좋다면, 유메와의 일에 대한 답도 순식간에 내놨으면 좋겠다.

조작 방법은 얼추 파악했기에, 카와나미와 대전을 시작했다. 그도 처음에는 봐줬지만, 한 번도 이기지 못했다. 하지만 조작에 익숙해지면서, 서서히 시합다워지기 시작했다.

"―우왓?! 이 타이밍에 그거냐!"

"그렇게 나올 줄 알았거든."

"맙소사……. 컨트롤러 쥔 지 두 시간밖에 안 됐는데, 벌써 수읽기를 할 수 있는 거냐고……."

펀치의 속도가 갑자기 빨라지지는 않는다. 그렇다면, 펀치가 명중하도록 상대가 움직이게 만들어야 한다. 그렇게 보자면, 확실히 이것은 멘탈 스포츠다.

"다음에 메인 캐릭터를 쓰겠어. 초보한테 질 수는 없다고!"

괜찮은 승부를 벌이게 됐다고 생각했지만, 카와나미는 어른스럽지 못하게 강한 콤보를 연달아 펼치며 나를 아예 박살냈다. 아무래도 이기기 위해서는 지식도 필요한 것 같았다.

"조사 좀 할 테니까 기다려봐."

"진심이냐……. 친구 집에서 게임하다가 위키를 검색하는 애는 처음 봤어."

그렇게, 화면 속에서 하염없이 주먹다짐을 펼치기만 하는 무의미한 시간을 보냈다.

이사나의 프로듀스도 그렇고, 카와나미와의 게임도 그렇고, 요즘 들어 새로운 것을 시작하는 일이 많아진 느낌이 들었다. 나는 쭉 판에 박힌 시간을 보내왔다. 학교에 다니고, 책을 읽고, 잠을 잔다. 한때는 거기에 연인과의 시간이 섞였지만, 내가 시간을 보내는 방식은 본질적으로 달라지지 않았다.

변해야만 한다, 하고 생각하는 것일까.

나는 유메처럼, 주위에 맞춰 자기 자신을 비트는 것을 좋게 여기지 않는다. 그것을 성장이라 부르는 건 너무나도 고압적이며, 사회라고 하는 것에 지나치게 유리한 논리라고 생각한다.

지금 내가 하는 건, 그것과는 다른 변화다. 주위에 인정받고 싶은 게 아니다. 사회에 익숙해지고 싶은 게 아니다. 자신의 내면에 원래부터 있던 것을 발견해서, 그것을 받아들일 수 있도록 스스로를 변화시킨다. —자기를 위한, 자기의 변혁.

분명 나는 허무한 에고이스트일 것이다. 자기 자신이 없으면서, 자기 자신만 생각하고 있다. 그렇기에 자신과 유메 중 하나를 선택해야 할 때도, 자신을 희생시킨다는 선택은 고려조차 하지 않았다. 고를 수 있는 건 이쪽뿐이라는 듯이, 애초에 하나뿐이었던 선택지와 마주하는 것만 할 수 있었다.

사고방식을 알고 있다, 고 카와나미는 말했다. 확실히 나는 최단 루트로 나아갔다. 한 치의 망설임도 없이, 그 바람에 누군가를 내버리게 됐다는 것도 모른 채…….

그리하여 도달한 곳이 막다른 골목이라니, 웃기지도 않는다.

"—게임은 참 좋다니깐."

한동안 딸깍딸깍하고 컨트롤러를 조작하는 소리만 울려퍼진 후, 카와나미가 갑자기 입을 열었다.

"아무리 무뚝뚝한 녀석과도, 게임을 통해서라면 친해질 수 있을 것 같은 느낌이 들어. 의외로 발끈하는 타입이구나,

진짜 단순 무식하잖아, 같은 식으로 상대의 사람 됨됨이가 플레이에서 묻어나거든. —대화만으로 그런 걸 알려고 한다면, 시간이 어마어마하게 걸릴 것 같지 않아?"

"……그래."

"성격이 더러운 녀석은 게임에서도 그 더러운 성격이 드러나. 초보자를 사냥하며 깔깔 웃거나, 혼자만 희열에 잠기는 거지. 인간의 본성이라는 건 의외로 간단히 드러나는 법이야."

"그렇다면, 내 본성도 지금 한창 드러나고 있겠네?"

"너는— 그래. 참 진지해."

"대충 떠드는 거네."

"그렇지 않다고. 게임에서 유리해도 괜히 우쭐대지 않아. 상대가 어떻게 나올지 모를 때는 신중하게 간격을 재. 상대방을 존중하는 인간의 전투방식이야. 그건 미덕이거든? 온라인 플레이를 해보면 금방 알 수 있어. 상대방을 업신여기는 매너 꽝인 자식들이 되게 많다고."

게다가, 하고 카와나미는 이어서 말했다.

"게임을 접하는 태도도 정중해. 돌다리도 일일이 두드려보고 건너듯이, 서서히 할 수 있는 것을 늘려가고 있어. 자기 실력을 항상 냉정하게 분석하면서……."

"……."

완전히 간파당한 기분이었다. 자기를 타인처럼 객관적으로 보는 내가, 게임을 통해 그렇게 솔직히 드러나는 것일까.

"너는 현실의 인간관계도 그런 식으로 쌓아갈 거야. 상대를 존중하고, 자신의 분수를 확인하며— 진지하고, 성실한 삶이라고 생각해. 힘들겠다 싶을 정도로 말이지."

"멋대로 인생 상담을 시작하지 마. 겨우 게임을 하고 있을 뿐이잖아."

"그럼, 제대로 이야기를 해봐야겠네."

카와나미는 내 공격을 피하더니, 강렬한 일격을 날렸다.

"이리도 양과는, 게임으로 서로의 마음을 알 수는 없을걸?"

그 공격으로 내 남은 목숨은 바닥났고, 카와나미의 승리가 결정됐다.

카와나미는 나를 쳐다보더니, 의기양양하게 씨익 웃었다. 그 표정을 본 나는 한숨을 내쉬듯 말했다.

"초보자 사냥을 해놓고 희열에 잠기는 거야? 성격 참 고약하네."

"초보자라고 생각하지 않거든."

—그렇다. 나는 초보자가 아니다.

이미 한 번, 같은 것을 경험해봤다.

그때는 이러지도 저러지도 못한 채, 그저 하루하루가 흘러가기만 했다.

이번에도, 같은 짓을 반복하는 걸까?

그렇게 바보 취급했던 중학생 시절을 되풀이하고, 이번에는 대학생이 된 후에 『이제 와서는 젊은 날의 치기라고 말할 수밖에 없겠지만』 하며 회상하는 걸까?

어리석다.

—정말, 어리석다.

"슬슬 익숙해졌잖아, 이리도. 너라면, 이미 알고 있지 않아~? 게임에서 이기려면 어떻게 해야 할지를 말이지."

"그래—."

책을 읽기 잘했다.

선현의 말은 위대하다.

"—『상대를 알고 나를 알면 백 번 싸워도 위태롭지 않다』야."

이리도 유메 ◆ 가지고 싶다는 마음

크리스마스 여자 모임에서 돌아왔지만, 미즈토는 집에 없었다.

엄마에게 물어보니…….

"친구네 집에서 자고 올 거래. 어쩌면 히가시라 양을 찾아간 걸지도 몰라~."

우후후, 하고 기쁜 듯이 웃었지만, 나는 그럴 리가 없다는 것을 알고 있다.

히가시라 양의 집에 갈 때면, 미즈토는 꼭 나에게 보고했다. 그 이유는 알 수 없었지만, 어제 일로 알 것 같았다.

그 보고는, 미즈토가 딜레마에 빠진 결과인 것이다.

미즈토가 저항조차 하지 못할 만큼 매료된 것은 대체 무엇일까.

무엇을 위해, 미즈토는 나에게 등을 보일 수밖에 없는 것일까.

나는— 그것을 알아야만 한다.

그것을 알지 못하면, 아무것도 시작할 수 없다.

나는 히가시라 양에게 LINE을 보냈다.

『내일, 집에 놀러 가도 돼?』

"오래 기다리셨어요~."

스웨트셔츠 차림의 히가시라 양이 문에서 고개를 빼꼼 내밀었다.

머리카락은 퍼석퍼석했고, 셔츠 또한 낡아빠졌다. 여성스러움과는 동떨어진 그 모습을 본 나는 당황했다. 우리 집에 놀러 올 때의 후줄근한 옷차림이 히가시라 양 나름대로 복장을 신경쓴 것이란 사실을 이제야 알았다.

"히가시라 양…… 혹시 방금 깼어?"

"이야~ 일어난 지는 몇 시간 됐는데, 옷 갈아입는 게 귀찮아서요……. 옷차림이 이 모양이라 죄송해요~."

"아, 괜찮아……. 내가 갑자기 찾아온 거잖아."

현관 안으로 들어갔다. 히가시라 양은 복도를 터벅터벅 걷더니, 입구 근처에 있는 문을 열었다. 거기가 히가시라 양의 방 같았다.

"들어오세요~. LINE으로도 말했다시피, 신경 써드릴 수는 없지만요……."

"그렇게 바빠?"

"마감이 있거든요~."

"마감? 무슨 대회의 마감 같은 거야?"

"미즈토 씨가 정한 마감이에요~. 그저께 크리스마스 일러스트를 완성했는데, 이어서 신년 일러스트를 그리래요~. 스파르타 그 자체라니까요~."

……정말 미즈토가 프로듀스를 해주고 있는 것이다. 이야기는 들었지만, 이렇게 본인의 말을 들으니 비로소 실감이 났다.

"……실례할게."

히가시라 양의 방은 미즈토의 방 못지않게 엉망이었다. 미즈토와 다르게 문고 서적은 전부 책장에 꽂혀 있지만, 두껍고 커다란 책이 몇 권이나 책상 주위의 바닥에 쌓여 있었다.

히가시라 양은 의자에 앉더니, 스타일러스 펜을 손에 쥐었다. 나는 몸을 숙인 그녀의 뒤편에서, 책상 위에 있는 태블릿 컴퓨터를 들여다보며 말했다.

"신년 일러스트라고 해도, 새해가 되려면 아직 일주일 정도 남았잖아? 그렇게 시간이 걸리는 거야?"

"아, 지금 그리는 건 신년용 일러스트가 아닌데요."

"뭐?"

히가시라 양은 거침없이 펜을 놀리고 있었다.

"그 전에 그려보고 싶은 게 있어서, 지금 그려둘까 해서요. 그 바람에 스케줄이 작살나고 말았어요."

우헤헤, 하고 웃음을 흘린 히가시라 양은 멋쩍은 듯이 미소 지었다. 미즈토가 지정한 마감이 있는데, 자주적으로 다른 그림을……? 일주일 후까지 두 장을 그린다는 건, 단순히 계산해도 사흘 반 만에 그림을 한 장씩 그려야 할 텐데…….

"일러스트는 그렇게 금방 그려지는 거야……?"

"낙서 같은 건 한 시간 만에도 가능하지만, 이건 전력을 다한 풀 컬러거든요. 학교 다닐 때는 일주일 넘게 걸린다니까요."

"그럼 왜 스스로 그렇게 힘든 길을……."

"네? 그야 그리고 싶으니까 어쩔 수 없잖아요."

히가시라 양은 별것 아니라는 투로 말했다. 그게 일반적인 상식이라는 듯이 말이다.

하지만 그 발언은 이제까지 히가시라 양에게서 느낀 인상과 동떨어져 있지는 않았다. 그렇다. 히가시라 양은 처음부터 이랬다. 자신의 내면에, 남과 다른 상식을 품고 있다. 생각해보면, 그것은 전형적인 천재 유형의 사고방식이다.

그것을 누구보다 가까이에서 봐왔을 미즈토가, 가장 먼저 눈치챘다. ―그 또한, 당연한 일이리라.

책상 주위에 산더미처럼 쌓여 있는 두꺼운 책을 향해 눈길을 돌린 나는 몸을 웅크리며 표지를 살펴봤다.

"아, 그 책은 자료예요."

히가시라 양이 물어보지도 않았는데 가르쳐줬다.

"배경이나 옷 같은 것의 자료예요. 이미지 검색도 편리하지만, 전문서는 다른 방향에서 도움이 되거든요."

"직접 산 거야……? 용돈이 부족하지 않아?"

"아, 미즈토 씨가 대부분 사준 거예요."

"뭐?"

"저는 검색으로 충분하다고 생각하지만, 제대로 된 지식은 결국 책에서만 얻을 수 있다면서……. 마감을 지키면 상을 주기로 약속했는데, 결국 그것도 그런 책으로 소비해버렸어요."

나는 가장 위에 있는 책을 쥔 후, 뒤표지에 적힌 가격을 봤다. 2,000엔이 넘었다.

게임을 사거나 친구와 놀러 가는 것에 비하면, 독서는 꽤 저렴한 취미다. 중고책을 이용하면 더 싸다. 하지만 미즈토는 어마어마한 양의 책을 사는 만큼― 지갑 사정이 좋을 리가 없다. 세뱃돈 같은 저금을 쓴다면, 살 수도 있겠지만…….

히가시라 양의 육성― 그것만을 위해?

다시 자리에서 일어난 나는 히가시라 양의 등 뒤에서 태블릿을 들여다봤다.

정갈……하다고 하면 될까. 희미하게 그린 러프 위에, 아름다운 선을 긋고 있었다. 펜 끝에 흔들림이 없었으며, 점점 여자 캐릭터의 윤곽이 완성되어 갔다.

정말, 뛰어나다.

이 분야를 잘 모르는 나로선, 그렇게 표현할 수밖에 없었다.

완성된 그림을 본다면, 조금은 알 수 있을까. 그렇게 생각하며 방 안을 둘러봤지만, 아무래도 따로 인쇄해둔 것은 없어 보였다.

"저기, 히가시라 양."

"네~?"

"히가시라 양의 그림은 인터넷에 공개되어 있지? 계정을 알려주지 않을래?"

"으으……."

내키지 않는 것 같았다.

"싫어?"

"싫은 건 아닌데요……. 현실의 친구한테 펜네임을 알려주는 건, 좀 부끄럽지 않나요?"

"으음……. 나, SNS라고는 LINE밖에 안 하거든……."

"오오…… 아직 인터넷에 물들지 않은, 순진무구한 존재……."

"역시, 안 되겠어?"

"학교 측에 비밀로 해준다면…… 알려줄게요."

"그렇게 잘 그린다면, 비밀로 할 필요 없지 않아?"

"미즈토 씨가 말렸거든요. 『좋을 대로 이용만 당할 뿐이다』, 『가까운 데서 인정받으려고 하지 마라』, 『더 넓은 세상을 바라봐라』 하면서요."

"그렇게 말할 것 같아……."

"뭐, 저도 동감하긴 해요. 초등학교에서 본 적 없어요? 미술 수업 때 잘 그린단 소리를 듣고, 교실에서 이거 그려달라~ 저거 그려달라~ 같은 부탁을 받던 애 말이에요."

"아, 있었어."

내 눈에는 부러워 보였지만, 히가시라 양과 미즈토에게 있어서는 거추장스러운 일에 지나지 않는 것이리라.

교실에서 인기를 얻지 못하더라도, 더 넓은 세상에서 인기를 얻을 수 있다고— 미즈토는 믿고 있는 것이다.

히가시라 양은 일러스트를 공개해둔 사이트와 펜네임을 알려줬다. 나는 내 스마트폰으로 검색해서, 히가시라 양의 계정 페이지를 찾아냈다.

공개된 일러스트는 총 여덟 장이었다. 나는 그것을 최근 것부터 표시해봤다.

"……아!"

솔직히 말하겠다.

나는 만화 잡지의 독자 코너에 실릴 법한, 딱 봐도 초보자 느낌이 물씬 나는 소박한 그림을 상상했다.

하지만…… 히가시라 양의 그림은, **차원**이 달랐다.

확실히 기술적인 면에서는 프로에게 뒤질지 모른다. 하지만 표현력이랄까…… 그림 하나하나에서 강렬한 『색』이 느껴졌다. 단순히 컬러를 말하는 게 아니라, 히가시라 양 특유의 느낌이랄까. —메시지 같은 것이 존재했다.

그림에 전혀 조예가 없는 내가 한눈에 그것을 알 수 있다는 사실이, 그 무엇보다도 비정상적이었다.

게다가 부족한 기술 또한, 그림을 한 장 한 장 그릴 때마다 늘고 있었다. 공개 순서에 따라 거슬러 올라가면서 그림을 한 장 한 장 살펴보니, 모든 그림은 최근 한 달 사이에 공개된 것이었다. 겨우 한 달 만에 뚜렷하게 실력이 늘어난 히가시라 양도 대단하지만, 그녀의 실력이 늘도록 이끈 미즈토도 대단하다. 히가시라 양이 일러스트의 천재라면, 미즈토는 일러스트레이터 육성의 천재라는 생각이 들 정도였다.

이윽고 처음 공개된 일러스트에 도달한 순간, 나는 숨을 삼켰다.

표정이 한껏 일그러져 있는— 실연한 여자애의 일러스트.

뭐라고 말하면 좋을까. 표정의— 감정의 울림이 다르다, 고 해야 할까. 기술적으로는 가장 뒤떨어지지만, 다른 일러스트를 압도하는 힘을 지니고 있었다.

그와 동시에 — 얼굴 생김새도, 표정도, 전부 다른데도 — 그 일러스트를 본 나는 고베에서 아소 선배가 차이고 지었던, 그 눈물 섞인 미소를 연상했다.

그렇다. 그거다. ―이 일러스트는, 그때 그 아소 선배를 재현한 것이다.

타인의 감정을 정확하게 읽을 뿐만 아니라, 그것을 일러스트로 정밀하게 재현하다니― 이것을 재능이라 부르지 않는다면, 뭐라고 불러야 할까?

틀림없다.

고베다.

미즈토는 고베에서, 히가시라 양의 재능에 확신을 가졌다.

그리고― 새롭게 뇌리에 떠오른 건, 『시베리아의 무희』의 페이지에 남아 있던 얼룩…….

"……대단해."

나는, 그렇게 중얼거렸다.

"히가시라 양은…… 정말 대단하네."

본인은 집중하고 있어서, 못 들었을 것이다.

그렇기에, 솔직하게 입에 담았다. ―진심에서 우러난, 항복 선언을 말이다.

이것에는, 이길 수 없다.

내가 아무리 대단한 미소녀일지라도, 이 재능을 대신할 수 없다.

이리도 미즈토에게 운명의 상대가 있다면, 그 사람은 분명 히가시라 이사나이리라. 이 두 사람의 스토리에서, 나 따위는 아무런 배역도 받지 못한 방해꾼에 지나지 않는다.
나는 그저, 미즈토와 과거에 사귄 적이 있을 뿐이다.
나는 그저, 미즈토와 한집에서 살고 있을 뿐이다.
특별한 것은 전혀 없다. 그저 미즈토를 너무나도 좋아할 뿐인, 그게 전부인 인간이다. 만약 머나먼 미래에 미즈토의 이름을 이 세상 모든 이가 알게 될지라도, 내 이름은 그 누구도 알지 못하리라. 내 연애 감정 따위, 나 이외의 사람에게는 아무래도 상관없는 것이니까…….
하지만.
하지만.
하지만.
그런 나를, 미즈토는 생각해줬다.
선택지 따위는 없는데도, 간단히 내버리지 않고, 생각하고, 생각하고, 또 생각했다. 그렇게, 괴로워할 정도로…….
그것은.
그것은…….
정말, 가치가 없다고, 생각해?
"……저기, 히가시라 양. 뜬금없는 질문을 하나 해도 돼?"
"네~?"
"만약 미즈토에게 정말 소중한 연인이 생겨서…… 여친이 화내니까 더는 만날 수 없어, 일러스트의 서포트도 이제 못 해, 란 말을 들으면…… 어쩔 거야?"

이제까지 거침없이 움직이던 히가시라 양의 손이, 움직임을 멈췄다.

그리고 빙글 뒤돌아보더니, 눈에 힘을 꼭 주면서 말했다.

"유메 양에게는 미안하지만, 절대로 양보 못 해요……. 무지무지, 곤란해지거든요."

실연조차 간단히 받아들였던 히가시라 양이, 미즈토에게 새로운 여친이 생겨도 괜찮다고 말했던 히가시라 양이— 이렇게 단호히, 주장하고 있다.

"……그럴 거야."

나는 그 말을 듣고, 안심했다.

이제까지, 히가시라 양을 이세계인이라고 여겼다. 가치관이 전혀 다른 세계에서 온, 전혀 다른 인간이라고 여겼다. 예전의 나와 겹쳐보던 시기가 있었던 게 꿈처럼 여겨질 정도로, 그녀의 행동과 사고방식에 쭉 휘둘렸다.

하지만, 지금, 드디어 알게 됐다.

나와 그녀는, 소중히 여기는 부분이 다르지만—.

—가지고 싶다는 마음만큼은, 똑같다는 것을 말이다.

그렇기에…….

"미안하지만, 나도 양보 못 해."

대등하게, 정면에서, 나도 그렇게 말했다.

그것이 예의라고, 생각했다.

히가시라 양은 풀이 죽은 듯한 표정을 짓더니…….

"……역시, 안 되나요?"

"세세한 조건은 다음에 의논하자. 떡 줄 사람은 꿈도 안 꾸는데 김칫국부터 마셔봤자 소용없잖아."

"그건 그래요……. 그런 소리 해놓고, 둘 다 차인다면 참 꼴사나울 거잖아요."

"불길한 소리 좀 하지 마."

내가 빙긋 웃자, 히가시라 양도 에헤헤 하고 웃었다.

히가시라 양과, 친구라 다행이다.

분명 우리는, 우리인 채 앞으로 나아갈 방법을 찾을 수 있을 것이다.

이리도 미즈토 ◆ 진정한 상냥함

수업은 없더라도, 교사의 일이 끝나기에는 아직 이른 시기다. 그 덕분에, 학교에 들어갈 수 있었다.

교무실에서 교사에게 학생회 서기인 의붓동생에게 부탁을 받았다고 설명하자, 학생회실의 열쇠를 얻을 수 있었다. 성적이 우수하면 이럴 때 편리하다. 의외로 간단히 신뢰해준다.

그리하여 나는, 처음으로 학생회실에 발을 들였다.

입구 쪽에는 소파로 꾸며진 응접 공간이 있었다. 그 안쪽은 벤치 테이블과 화이트보드가 놓인 회의 공간이었다. 나는 우선 안쪽의 회의 공간으로 가서, 학생회 회의의 잔해처럼 보이는 화이트보드의 글자를 쳐다봤다.

학생회보의 진척 상황, e스포츠부와의 예산 절충 경과보고, 연초 인사 주간— 집합 오전 일곱 시.

그 글씨체는 왠지 눈에 익었다.

중학생 시절…… 함께 시험공부를 할 때, 유메의 노트에서 자주 본 글자다.

나는 화이트보드의 옆에 있는 선반을 향해 시선을 돌렸다. 나란히 꽂혀 있는 바인더 중 하나에, 『학생회 소식』이라 적힌 스티커가 옆 표지에 붙어 있었다. 그것을 꺼내서 펼쳐 봤다.

페이지마다, 프린트 한 장으로 정리된 『학생회 소식』이 들어가 있었다. 대부분은 활자지만, 손 글씨로 된 부분은 눈에 익은 글씨체로 적혀 있었다. 꼼꼼하면서 약간 동글동글한, 유메의 글씨체다.

학생회 소식은 거의 매주 발행되는 것 같으며, 현시점에서도 장수가 상당했다. 그 모든 종이에 유메의 글씨가 담겨 있었다. 활자에는 온기가 담기지 않을 거라고 생각한 걸까. 확실히 연필로 쓴 부분이 있는 편이, 직접 만든 느낌이 감돌아서 눈길을 끄는 듯한 느낌이 들었다.

……그 애는 이런 걸 해왔구나. 나는 이런 프린트를 제대로 읽어본 적도 없었다.

이사나의 그림을 볼 때 같은 감동은, 확실히 느껴지지 않았다. 하지만 나는 예전의 그 애를 안다. 수련회에서 카레 재료를 받아 가는 것도 어려워할 만큼 낯을 가리던 애가, 지금은 전교생이 읽는 프린트를 만들고 있는 것이다.

이 프린트에는 세간을 놀라게 할 요소가 없다. 사람을 감동시키지도 않는다. 나뿐만 아니라 대부분의 학생은 제대로 읽어보지도 않을 것이다.

그런데도, 나는— 적어도 나만은, 이 프린트가 얼마나 대단한지 안다.

"역시 너였나."

바로 그때였다. 느닷없이 문이 열리는 소리가 들려오자, 나는 놀라며 고개를 들었다.

조그마한 몸집에 거대한 존재감이 깃들어 있는 여자— 학생회장, 쿠레나이 스즈리가 나를 쳐다보며 웃고 있었다.

"학생회 임원의 가족이 왔다는 말을 듣고 혹시나 했는데…… 유메 양이 학생회실에 두고 간 물건이라고 있는 거려나?"

문을 닫은 학생회장이 다가오자, 나는 한순간 시선을 피했다.

"……아뇨."

"그렇겠지. 그녀라면 직접 찾으러 올 거야. 책임감이 강한 애거든."

그렇게 말한 쿠레나이 스즈리는 벽 쪽에 있는 전기 포트에 다가가서 뚜껑을 열었다.

"자료를 좀 가지러 왔을 뿐이지만, 마음이 바뀌었어."

그리고 전기 포트의 뚜껑을 닫더니, 손잡이를 쥐었다.

"앉지. 차를 대접해주겠어."

케이코인 씨도 그렇고, 머리가 좋은 사람들은 다들 왜 이런 걸까. 당연한 듯이 내 생각을 꿰뚫어 본다—.

나는 응접 공간으로 가서 소파에 앉았다. 외부인인 나는 여기에 앉아야 마땅할 것이다.

쿠레나이 스즈리는 포트를 들고 학생회실을 나서더니, 곧 돌아와서 전기 포트의 전원을 켰다. 그리고 잠시 기다리더니, 홍차 포트에 찻잎을 넣은 후에 포트 안의 온수를 거기에 따랐다.

유메는 옛날부터 홍차파였다. 학생회 멤버는 다들 그런 것일까. 커피 가루는 보이지 않았다.

"기다리게 했군."

홍차 포트와 찻잔이 놓인 쟁반을 소파 테이블에 둔 쿠레나이 스즈리는 내 맞은편에 앉았다. 그리고 찻잔 두 개에 루비 빛깔의 차를 따르더니…….

"자."

당당히 다리를 꼬며, 태연히 나를 쳐다봤다.

"뭐가 알고 싶은 거려나?"

그 모습은 현자를 연상케 했다. 용사에게 지혜를 전수하고, 나아가야 할 길을 알려주는—.

나는, 이 사람을 어려워했다.

어째서일까. 문화제 때, 그녀가 나를 눈여겨봤기 때문일까?

그렇지 않다, 라고 지금은 확신할 수 있다. 이 태도가, 현자처럼 이미 생각을 마쳤고 모든 답을 찾았다는 듯한 태도가, 항상 생각에 빠져 있지만 쭉 답을 찾지 못하는 나에게는 매우 거북하게 다가왔다.

현자로서의 이 사람에게는, 볼일이 없다.

볼일이 있는 건, 학생회장으로서의— 아니다.

이리도 유메의, 선배로서의 이 사람이다.

"……저는, 집과 교실에서의 유메만 알아요."

카와나미의 말에 따르면, 나는 진지하고 성실하다고 한다.

"예전에는 그걸로 충분했어요. 하지만 지금은, 이 학생회에서의 유메가 존재해요."

그렇다면 괜히 감추거나 얼버무리지 않으며, 솔직하게 말하자.

"그 유메를, 가르쳐주세요."

상대를 알고 나를 알면 백 번 싸워도 위태롭지 않다.

나는 그녀에 대해, 더 알아야만 한다. 이 여덟 달 동안 달라진 점, 그리고 달라지지 않은 점을 말이다. 안 그러면 선택을 하지도, 결정을 내리지도 못한다.

전략을 세우기 위해선, 우선 알아야만 한다.

알지 못해선, 그 어떤 계획도 세울 수 없다.

쿠레나이 스즈리는 나를 시험해보는 듯한 미소를 머금더니, 고개를 살짝 갸웃거렸다.

"프라이버시를 침해하는 거라고 생각하는데 말이지."

"그렇다 할지라도, 꼭 알아야만 해요."

비익조.

한 쌍의 날개가 되기를, 바란다면…….

쿠레나이 스즈리는 조용히 찻잔을 쥐더니, 홍차로 목을 천천히 축였다. 그리고 찻잔을 잔 받침에 내려놓더니, 뭔가를 참는 듯한 의미심장한 웃음을 흘렸다.

"후후."

"……뭐가 웃긴 거죠?"

"아, 실례했어. 이제 와서 생각해보니, 변변한 일을 하지 않았다 싶거든."

……음? 학생회 활동은 어엿하게 해온 것 같은데 말이다.

"나조차도 이번 학생회를 통해 알게 됐지. 자기가 어디에나 있을 법한 평범한 여고생에 지나지 않는다는 걸 말이야."

"……당신이 말인가요?"

"그래. 공부하고, 아르바이트하고, 학생회 일을 하고, 남는 시간에 사랑 이야기를 나누는— 그야말로 THE 여고생이지?"

사랑 이야기.

……사랑 이야기?

"……당신이?"

"미심쩍은 눈길로 쳐다보지 마. 나도 사랑 정도는 해."

"……."

상대는 아마 하바 선배이리라는 건 짐작이 되지만, 이 사람이 유메처럼 얼굴을 붉힌 모습은 내 상상력을 초월했다. 문화제에서 우연히 그 두 사람을 훔쳐봤을 때도, 이 사람은 태연한 얼굴로 유혹했던 것이다.

"학생회 유일의 남자가 항상 입을 다물고 있으니, 자연스럽게 그런 분위기가 조성되는 거야. 아이사는 학생회를 남친 자랑하는 장소라고 여기는 것 같을 정도지. 고지식한 편인 란 양이 없다는 상상만 해도 소름이 돋을 정도인걸."

"그럼…… 유메도……?"

"나는 알고 있지만, 아이사는 상대가 누구인지는 모르지 않으려나. 란 양은 네가 히가시라 양과 사귄다고 여기는 것 같더군. ……하지만 너무 자세히 알려고 들지 않는 편이 좋을걸? 여자애의 사랑 이야기 내용을 알게 되면, 여자애와 사귀고 싶지 않아질지도 모르지."

그런 말을 들으니 거꾸로 알고 싶어졌지만, 열어선 안 되는 판도라의 상자와 마주한 느낌이 든 나는 호기심을 억눌렀다.

쿠레나이 스즈리는 웃음을 흘렸다.

"평소의 유메 양은 진지하고 차분한, 그야말로 우등생이야. 하지만 사랑 이야기를 할 때면 딴사람이 돼. 아이사에게 조언을 구하더니 와아~ 꺄아~ 하면서 떠들어대고, 신경 쓰이는 점이 있으면 딱 봐도 티가 나지. 귀여운 애라니깐. 그런 애의 사랑을 받는 남자가 이 세상에 있다니, 질투심에 뇌가 타들어 갈 것만 같은걸."

뻔한 거짓말을 늘어놓고 있다……. 아까 자기 입으로 안다고 말했으면서 말이다.

"고베에서는 조금 달랐었지. 차인 아이사를 보고, 웬일로 화를 내더군. 단순히 동정하는 게 아니라, 『올바르지 않음』에 대한— 『성실하지 못함』에 대한, 분노였어. 그게, 그녀의 이상(理想)이겠지. 어째서 그런 이상에 도달한 건지는 모르겠지만 말이야."

……성실함.

진지하고, 성실하다—.

"그녀는 여자들이 흔히 하는, 근거 없는 동정이나 공감을 하지 않아. 근거를 가지고 동정하고, 공감해. 나는 그 점이 마음에 들었어. 왜냐하면 그것은 타인의 처지에서 매사를 생각할 수 있다는 거지—. 외부에서 받아들인 사회성이 아니라 진심에서 우러난, 진짜 상냥함을 지녔다는 거야. 그렇게 생각하지 않나?"

진심에서 우러난…… 진짜 상냥함.

아아— 그렇다.

그렇지 않다면, 입학 직후부터 겉돌고 있는 가족을 위해 자신의 평판을 희생하지 않았으리라.

그렇지 않다면, 전 남친을 좋아하는 동성을 응원해주지 않았으리라.

그렇지 않다면, 친구가 소꿉친구와 다시 가까워질 수 있도록 도와주지 않았으리라.

그렇지 않다면, 홀로 쓸쓸히 불꽃을 보려 하는 남자를 찾으려 하지 않았으리라.

그렇지 않다면, 전 남친과 사귄다는 소문이 도는 동성을 걱정해주지 않았으리라.

그렇지 않다면, 밤늦게까지 자기 반의 문화제 준비를 열심히 하지 않았으리라.

그렇지 않다면, 자기를 라이벌로 여기는 이의 건강을 걱정하지 않았으리라.

그렇지 않다면, 선배가 성실하지 못한 이유로 차였다는 사실에 화내지 않았으리라.

그렇지 않다면, 전 남친과의 동거를 받아들이지 않았으리라.

그래. —알고 있다.

전략을 찾았다.

재현성을 확인했다.

그렇다면— 이제 알 수 있을 것이다.

앞으로, 어떤 상황에서, 어떻게 하면 될지를 말이다.

미래는 알 수 없다. 장래는 불투명하다.

단 하나의 예외를 제외하고…….

그렇다면, 내가 생각을 통해 내놔야 하는 답은 뭘까?

—나는 마음을 독하게 먹고, 너에게 각오가 됐는지 물어야만 한다.

"내가 해줄 수 있는 이야기는 이 정도이려나."

쿠레나이 선배는 빈 찻잔을 내려놨다.

"안 마실 건가?"

선배는 약간 식은, 내 찻잔 안의 차를 쳐다보며 말했다.

나는 찻잔을 든 후, 단숨에 들이켰다.

아직 약간, 뜨거웠다.

"잘 마셨습니다."

"답은 나왔나?"

"아뇨."

나는 자리에서 일었다.

"계속, 생각해볼 겁니다."

이리도 유메 ◆ 이제까지의 개막

이제 와서는 젊은 날의 치기라고 말할 수밖에 없겠지만, 중학교 2학년 때부터 중학교 3학년 때까지 나에게는 소위 남친이라 부르는 존재가 있었다.

학교에서 만나, 서로의 마음을 확인하고, 연인이 됐으며, 알콩달콩하다가, 사소한 일로 엇갈리더니, 두근거림보다 짜증을 더 느끼게 되자, 졸업을 계기로 헤어졌다—.

—그리고, 가족이 됐다.

하지만 그때만 해도 자각을 하지 못했다. —그도 그럴게, 중학교를 졸업하고 일주일 정도밖에 안 됐던 것이다.

매일 아침에 콘택트렌즈를 착용하는 것에도, 머리카락을 묶지 않고 늘어뜨린 채 외출하는 것에도 아직 익숙하지 않던 시절이었다. 서서히 과거의 자신을 새로운 자신으로 바꿔 가는, 그런 시기였다.

그러니, 완벽한 타이밍이었을 것이다.

오랫동안 살았던 맨션을 나와서, 이리도 집안으로 이사하기에 말이다.

—휴우.

책장에 가득 꽂힌 책을 보며, 나는 만족했다. 예전의 집에 비해 방이 확 넓어졌기에, 책장을 세 개나 두기로 했다. 그것만으로도 이사를 하기 잘했다는 생각이 들었다.

단, 하고 예전의 나는 주석을 붙였다.

—옆방에, 그 남자가 살고 있다는 점 이외에는 말이야.

스스로 내린 결정이지만, 그래도 체념을 못 한다는 생각이 들었다. 하지만 당시의 나는 그럴 수밖에 없었다. 얼마 전에 헤어진 전 남친과 동거를 한다는 모순된 환경을 받아들이기 위해선, 이렇게 틱틱거릴 수밖에 없었다.

솔직하게 말하겠다. 당시의 나는 미즈토를 싫어했다.

결코 서로를 좋아하지 않았다. 적어도 마음의 표층 부분은 그러했다.

이제 와서 분석해봐도, 당시의 심경을 정확하게 설명하는 건 매우 어렵다. 미즈토의 얼굴을 보고 속이 부글부글 끓은 것도, 확 독설을 퍼부어주고 싶었던 것도 사실이다. 하지만 사소한 일 하나하나로 가슴이 뛰면서, 옛날로 돌아간 듯한 심정이 된 것도 사실이다.

하지만 한쪽이 진실이고 다른 한쪽이 거짓인 것으로 해두지 않으면, 나는 나 자신을 유지할 수 없었다. 그래서, 싫어하는 것으로 해뒀다.

왜냐하면— 우리는, 헤어진 것이다.

그렇다. 우리는, 서로를 싫어해서 헤어진 것이 아니다. 헤어졌기에 싫어하게 된 것이다.

그래도, 마음속에 남아 있던 것이 있었다. 그래서 나는 동거에 동의했고, 그래서 우리는 가족이 됐다.

미즈토와는, 절대 남녀관계가 되지 않는다.

그런 신뢰가, 우리를 가족으로 만들었다.

이제 와서 생각해보면, 정말 물러터진 생각이다.

이사 첫날에는 모든 것이 신선하게 느껴졌다. 넓은 방도 신기했고, 집안에서 계단을 오르락내리락하는 것도 신기했다. 가족 네 명이 함께 식사하는 것도, 목욕을 하는 것과 양치질을 하는 것도, 내가 하는 일이 하나하나 전부 새롭게 느껴졌다.

마치 다른 사람의 집에 묵는 것만 같아서, 이런 생활이 앞으로 쭉 이어질 거라는 상상조차 할 수가 없었다.

무엇보다, 가장 신선했던 것은—.

—아…….

—아…….

1층 복도에서 미즈토와 마주친 순간, 우리를 동시에 굳어 버렸다.

단순히 마주쳐서 그런 게 아니다.

서로가, 잠옷 차림이었던 것이다.

미즈토는 그다지 귀엽지 않은 회색 스웨트셔츠 차림이어서, 촌스러웠다. 원래 패션에 흥미가 있는 타입이 아니었지만, 중학생 시절에는 애정 필터 덕분에 미즈토가 몇 배는 더 미남으로 보였던 나로서는 그 모습에서 갭을 느꼈다.

나 또한 미즈토에게 잠옷 차림을 보여준 기억이 거의 없었다. 미즈토가 감기에 걸린 내 병문안을 왔을 때 보긴 했겠지만, 당시와는 체형이 확 달라진 데다 그때는 고열 탓에 머릿속이 멍해서 자세한 건 생각나지 않았다.

그렇게 함께 있었는데— 아직 모르는 모습이 있었다.

몇 초 동안 서로를 쳐다본 후, 내가 먼저 정신을 차렸다.

—어디 쳐다보는 거야……?

가슴을 가리듯 몸을 감싼 나는 한 걸음 물러났다.

미즈토는 시선을 휙 돌리며 대꾸했다.

—아무 데도 안 쳐다봤거든? 자의식 과잉 아냐?

—이제 와서, 나를 속일 수 있을 것 같아? 이 내숭 색골아.

—너를 상대로 색골처럼 군 기억은 없는데 말이야.

……하긴, 우리가 친했던 시기에는 아직 꼬맹이에 절구통 같았으니까 말이다.

—아쉽겠네. 어른이 된 나를 만질 수 없게 됐잖아.

—긍정적 마인드의 화신으로 뒤바뀌었는걸. 이 음험한 외톨이녀.

—오늘부터 한 지붕 아래에서 살게 됐으니까 내 침대에 숨어들지 마.

—무슨 그런 당연한 소리를 하는 거냐고. 혹시 해줬으면 하는 거야?

우리는 그런 날 선 독설을 주고받았다.

이 리듬감 또한 신선했다. 이 거리감도 신선했다.

그래. 전 남친 상대로는 이러는 게 정답이구나.

앞으로 우리는, 이런 식으로 서로를 대하면 되는 거야.

—그럼…….

—그래.

싸우고 헤어진 것처럼 엇갈렸고…….

두 번 다시 안 볼 것처럼 돌아섰지만…….

누가 먼저랄 것 없이 이렇게 말했다.

—잘 자…….

—잘 자.

이렇게, 시작된 것이다.

남친과 여친이 아닌, 새로운 우리의…….

연인일 때는 알지 못했던, 진정한 모습을 알게 되는 관계가 말이다.

이리도 미즈토 ◆ 이제부터의 해답

이제 와서는 젊은 날의 치기라고 말할 수밖에 없겠지만, 중학교 2학년 때부터 중학교 3학년 때까지 나에게는 소위 여친이라 부르는 존재가 있었다.

학교에서 만나, 서로의 마음을 확인하고, 연인이 됐으며, 알콩달콩하다가, 사소한 일로 엇갈리더니, 두근거림보다 짜증을 더 느끼게 되자, 졸업을 계기로 헤어졌다—.

—그리고, 가족이 됐다.

유메와 유니 씨가 이사온 날 밤은, 잠이 잘 오지 않았던 것으로 기억한다. 유메와 한집에서 산다, 라고 하는 악몽 같을 정도로 비일상적인 상황과, 앞으로 과거의 관계를 잘 숨길 수 있을지에 대한 불안. 그런 것들이 머릿속을 헝클어뜨리더니, 내가 꿈나라로 도망치는 것을 허락해주지 않았다.

무엇보다도 나를 진정하지 못하게 만든 건, 바로 유메의 겉모습이었다.

변해도 너무 변했잖아.

안경을 벗고 머리카락을 풀었을 뿐이니 극적인 변화는 아닐 텐데도, 내가 사귀었던 아야이 유메와는 다른 사람처럼 보였다.

사귀고는 있지만 만나지는 않던 시기에도 키가 컸네, 라든가 가슴이 커진 거 아냐? 같은 생각을 하긴 했었다. 하지만 거기에 이미지 체인지까지 더해진 모습을 보니, 매우 당혹스러웠다. 게다가 사귀던 시기에는 상상도 못 했던 독설까지 입에 담고 있기에, 내 인식은 더욱 혼란에 빠졌다.

가족으로서 처음 얼굴을 마주했을 때, 용케 한눈에 아야이라는 것을 알아봤다는 생각이 들었다.

그녀의 얼굴을 가까이에서 수도 없이 본 덕분일까. ―아니다. 내가 봐온 것은 그녀의 얼굴이 아니라, 안색이다. 본 것이 아니라, 살폈던 것이다.

연애라고 하는 것은 따지자면 서로의 속내를 캐는 행위이며, 상대가 무슨 생각을 하는지, 무엇을 원하는지, 무엇을 바라는지, 멋대로 예상하고 상상하고 해석할 필요가 있다. 그런 짓을 얼추 여덟 달 동안 별 무리 없이 해낸 만큼, 아야이 유메의 안색을 살피는 데 있어서는 나와 어깨를 나란히 할 자가 없으리라.

하지만 그것은 어디까지나 아야이 유메에 대한 것이기에—.

—어엇?!

다음 날 아침. 뜬눈으로 밤을 지새운 바람에 봄방학인데도 불구하고 오전에 일어나고 만 나는, 세면장에서 양치질을 하고 있는 유메와 마주쳤다.

칫솔을 입에 문 그녀는 어찌 된 건지 내 얼굴을 보고 놀라더니, 한 걸음 물러났다.

—응……? 좋은 아침.

—조…… 조은 아찜…….

마침 세면대 앞이 비었기에, 나는 그쪽으로 이동했다. 다시 잠을 청할 생각인 나는 세수를 하지 않았다. 대신 칫솔과 치약을 손에 쥐었다.

그리고 양치질을 시작한 나는 의아함을 느꼈다.

거울에 비친 유메가, 칫솔을 문 채 나를 노려보고 있었다.

뭐 하는 거지? 이를 닦지도 않으면서……. 양치질을 마쳤으면, 빨리 입을 헹구면 될 텐데 말이다.

양치질을 마친 나는 컵에 물을 담아서 입을 헹궜지만, 그녀는 여전히 나를 노려보고 있더니…….

—으!

턱짓으로 세면장 입구를 가리켰다.

아무래도 빨리 나가라는 의미 같았다.

—뭐야. 너한테 턱짓으로 명령받을 이유는 없다고.

이럴 걸 두고 턱으로 사람을 부린다고 말하는 걸까?

—으!

—입을 헹구고 말해. 갑자기 왜 이러는 거야?

—으으~~!!

유메는 불만 섞인 신음을 흘리더니, 될 대로 되란 듯한 거친 발걸음으로 세면대로 가서 재빨리 입을 헹궜다.

그리고 수건으로 입가를 닦더니, 토라진 듯한 목소리로 말했다.

—네 앞에서 입을 헹구기 싫었어……. 그럼 안 돼?

—이유가 뭐야……?

—입 밖으로 물을 뱉는 건 조신하지 못한 행동이잖아?! 왜 그런 것도 모르는 거야, 이 바보야!

그렇게 말한 유메는 화난 듯이 어깨를 들썩이며 세면장에서 나갔다.

……아니, 어떻게 아냐고.

말을 해줘야 알 거 아냐.

아무리 내가 네 안색을 살피는 데 있어 프로페셔널이라고 해도—.

—그렇다. 말을 안 하면 알 수 없고, 말을 듣지 않으면 알 수 없다.

생각해보니, 우리는 항상 대화를 통한 커뮤니케이션이 부족했다. 한쪽이 다른 한쪽의 마음을 멋대로 헤아리고, 마치 경쟁하듯 서로의 눈치를 살피며, 제대로 이야기를 나누지 않으면서 당시의 문제를 — 문제의식을 — 해결해왔다.

그런 게, 계속 이어질 리가 없다.

길어봤자, 여덟 달이 한계다.

8월 말에 시작하면, 다음 해 4월경에 무너지기 시작할 것이며…….

3월 말에 시작하면, 12월경에 한계를 맞이한다.

여름 방학에 축제에 갔다면?

크리스마스에 선물을 준비했다면?

발렌타인에 초콜릿을 주고받았다면?

그런 IF조차 잘못됐다. 그런 것을 기대하기 전에, 해야 하는 것이 있었다.

띄어쓰기만으로 된 소설은 없다.

글자가 없으면, 그것은 공백에 지나지 않는다.

우리는 우선— 이야기를 나눴어야 했다.

만약 답이 존재한다면…….

그것만이 유일하고 절대적이며, 완전한 해답이다.

이리도 미즈토 ◆ 외날개뿐인 새는 날 수 없다

학교에서 집으로 돌아와 보니, 기척이 느껴지지 않았다.

아버지와 유니 씨는 아직 일하고 있을 것이다. 지금은 연말 마무리에 힘쓰고 있으리라.

유메는…… 모르겠다. 그 애의 행동을 전부 예측할 수 있을 만큼, 나는 그 애를 잘 알지 못한다.

하지만, 그걸로 충분하다고 생각한다. 알 필요가 있는 건, 더 본질적인 부분이다.

나는 하루 만에 자기 방에 들어갔다. 하루 만에 크게 달라질 리가 없다. 책으로 가득 찬, 익숙한 어수선함만이 존재했다.

이 방에서 가장 새롭고, 가장 선명한 기억을 떠올렸다. 유메가 반쯤 벗은 옷을 다시 고쳐 입은 후, 사과하면서 이 방에서 나갔다—.

그때, 그녀는 손에 아무것도 들고 있지 않았다.

나는 침대 근처를 쳐다봤다. 그 후, 이불을 걷었다. 아무것도 없다. 바닥을 내려다봤다. 아무것도 없다. 그렇다면—.

나는 바닥을 기듯 몸을 웅크린 후, 침대 아래의 공간을 들여다봤다.

—찾았다.

손을 뻗어서, 그것을 끄집어냈다.

리본 장식이 달린, 손바닥 사이즈의 선물 상자다.

침대에 걸터앉아서, 뚜껑을 열어봤다.

날개 모양 장식이 달린 반지가, 여전히 은색으로 빛나고 있었다.

"……."

꺼내지는 않았다.

이 반지는, 지금의 나에게 어울리지 않는다.

하지만 반지를 선물한다는 행위를 하기 위해서는, 얼마나 큰 용기가 필요한지는 안다. 연인이 있다면, 누구나 한 번쯤은 생각해본다. 반지를 선물하면 어떨까, 하고 말이다. 그때마다 곧 그 생각을 떨쳐낸다. 아니, 아직 이르다. 아니, 부담스러울 것이다. 학생 신분에 반지를 선물하다니 너무 무리하는 것 아닐까, 하고 생각하면서 말이다.

확실히 무리하는 걸지도 모른다. 하지만 지금의 우리에게는 그 정도 무리가 필요할지도 모른다. 유메가 어떤 생각인지는 모른다. 하지만 우리가 내려야 하는 결단이, 일개 학생이 짊어지기에 지나치게 무겁다는 건 사실이다.

어린애라든가, 어른이라든가.

학생이라든가, 사회인이라든가.

그런 꼬리표를 떠나, 어디까지나 인간으로서—.

한 명의 인간으로서…….

결단을— 내릴 필요가 있다.

……이것은, 정말 연애일까? 애타게 그립고, 마음을 주체하지 못하게 되는, 그런 감정만 본다면 연애가 틀림없다. 하지만 우리가 결정하려 하는 건 그보다 거대하다. 지금 이 순간의 감정을 위해서가 아니라, 앞으로의 자기 자신을 전부 결정짓는 선택이다.

더는, 우리에게는 헤어진다는 퇴로가 없다.

법률상으로 이혼이 허락되는, 부부보다 더 중한 선택이다.

연애소설이라면, 결심한 순간에 해피 엔딩을 맞이한다. 하지만 현실의 우리에게는 그 뒤가 있다.

미래를…….

앞으로 수십 년 동안 이어질 미래를, 겨우 열여싯 살에 결정해버리는 건가?

—훗.

어리석은 질문인걸.

그런 걸, 할 수 있을 리가 없다.

할 수 있다고 말한다면, 그것이야말로 생각이 없다는 증거다.

나는, 할 수 없다.

혼자서는 말이다.

나는 스마트폰을 꺼냈다. 그리고 검색란에 『반지 날개』로 입력해서 나온 이미지와 선물 상자 안의 반지를 비교했다.
그것을 마친 나는 책상 쪽으로 가서, 서랍을 뒤져서 뭔가를 꺼냈다.
명함이다.
거기에 적힌 이름은, 케이코인 료세이.
이름과 함께 적혀 있는 전화번호를, 나는 스마트폰에 입력했다. 그리고 스마트폰을 귀에 대고 신호음을 들었다. 네 번째 신호음이 도중에 끊기더니, 그 대신 남성의 차분한 목소리가 들려왔다.
『여보세요? 케이코인입니다만…….』
"이리도 미즈토입니다."
나는 단적으로 말했다.
"아르바이트를 소개해주지 않겠어요? 가능하면, 사흘 안에 급료가 나오는 걸로요."

이리도 유메 ◆ 진심에는 진심으로

히가시라 양의 집에서 돌아와 보니, 미즈토의 신발이 현관에 있었다.
그것을 본 순간, 살짝 긴장했다. 하지만, 한편으로 살짝 안심하기도 했다.
지금의 우리는, 한집에 있을 수 있다.

그게 어리광에 지나지 않다는 것을 알면서도, 나는 인연이 끊어지지 않았다는 사실에 구원받았다.

맞아……. 그렇다면…….

문뜩 깨달았다.

예전과는 다르다. 한쪽에서 말을 꺼내지 않으면 만날 수 없는 관계가 아니다. 그러니, 오히려…….

나는 인기척이 느껴지는 미즈토의 방이 아니라, 내 방에 들어갔다.

조금만, 생각해보고 싶다.

많은 것을 생각하고 있던 미즈토를, 조금이라도 따라잡기 위해…….

한동안, 혼자서…….

분명 그것을 게을리한 순간, 관계라고 하는 건 끝나고 말리라.

—그리고, 닷새가 흘렀다.

미즈토는 그동안, 바쁜 것처럼 오전부터 외출했다.

나는 아카츠키 양이나 학생회의 누군가와 만나면서, 머리 한편으로 계속 생각했다.

미즈토와의 관계에 대해.

히가시라 양의 재능에 대해.

부모님의 인생에 대해.

나 자신의, 미래에 대해.

2년 후의 수험조차 상상이 안 되는 내가, 미래를 생각할 수 있을까?

그래도, 계속 생각했다.

마도카 씨가 말했다. 여름 방학 숙제처럼, 꾸준히 해나가면 된다고 말이다. 가족과 친구 같은 주위의 일은 일단 제쳐두고, 자기 마음부터 정해두는 편이 좋을 거라고 했다.

그 타이밍은 이미 지나갔다.

자신의 마음을 정하는 단계를 지나, 가족과 친구 같은 주위의 일을 생각했다.

그런데도.

그런데도.

그런데도—.

12월 31일.

올해라고 하는 오래된 나날에, 끝이 찾아왔다.

제5장 비익조가 날아오를 때

이리도 미즈토 ◆ 각오

"—각오는 됐나?"

12월 29일. 주문대로 사흘째 업무가 끝나갈 무렵, 케이코인 씨는 나에게 물었다.

케이코인 씨가 소개해준 아르바이트는, 그가 운영하는 회사의 잡일이었다. 자료를 정리하고, 비치해두는 과자를 관리하고, 배송하는 짐의 전표를 쓰는 등의 크리에이티브와 관련 없는 모든 일이다. 조그마한 회사라서, 이런 잡일을 담당해주는 사람이 있으면 크게 도움이 되는 것 같았다.

처음으로 아르바이트를 해보는 것이지만, 때때로 하는 집안일이나 문화제 준비 경험이 도움 됐다. 게다가 게임 회사의 개발 현장에 조금이라도 참가해본 것은 예상했던 것보다 더 좋은 경험이 됐다. 작업에 열중하는 크리에이터를 쉬게 하는 방법 등을 알 수 있었다.

그런 신선한 사흘이 끝나갈 무렵, 케이코인 씨는 작별 인사라도 하는 투로 말했다.

"남자애는 사흘만 안 봐도 몰라볼 만큼 성장한다는 말이 있지만, 자네는 보름 전에 만났을 때와는 딴사람이 됐군. 망설임을 떨쳐냈다고 봐도 되려나?"

"……아뇨."

나는 고개를 저었다.

"망설임이 없는 인간 같은 건 이 세상에 없다고 생각해요. 그 어떤 천재라도 말이에요. ……그건 당신이 더 잘 알지 않나요?"

케이코인 씨는 의미심장한 미소를 흘렸다.

결국 이 사람은 모든 것을 꿰뚫어 보고 있었던 걸지도 모른다. 이제부터 내가 할 말도, 전부 예상하는 걸지도 모른다.

그래도, 말할 것이다.

그것이, 아까 질문의 답이다.

"망설임은, 떨쳐내는 게 아니에요. 어울려줘야 하는 것이라고, 생각해요."

케이코인 씨는 약간 놀란 듯한 표정을 짓더니, 한동안 아무런 반응도 보이지 않았다.

"어울린다고? ……극복하는 게, 아니라?"

"네. 망설임을 떨쳐내거나, 극복할 수 있는 건…… 부처님뿐일 테니까요."

잠시 후, 케이코인 씨가 「크큭」 하고 웃음을 흘렸다.

"역시 독서가다운걸. 교양이 담긴 대답이야—. 그러고 보니, 『각오』는 원래 불교 용어였던가.”

미혹에서 벗어나, 도리를 깨닫는 것.

고행 속에서 사는 우리에게는, 아직 머나먼 이야기다.

“전에 유메한테 들은 건데, 걔는 케이코인 씨의 영향을 받아서 미스터리를 좋아하게 됐다면서요?”

“응? 그래. ―나도 학생 시절에는 미스터리 마니아였지.”

“가장 좋아하는 미스터리는 뭔가요?”

둘 다 독서가지만, 이 사흘 동안 이런 이야기를 나누는 건 처음이었다.

케이코인 씨는 고민에 잠긴 듯이 신음을 흘리더니…….

“참 난해한 질문이군……. 그래. 결말만 보자면, 개인적으로 가장 좋아하는 건―『웃지 않는 수학자』이려나.”

―수련회 날 밤, 아야이 유메와 처음으로 접점을 만들게 됐을 때 내가 읽고 있었던 책이다.

“취향이 좀 독특하네요. 같은 시리즈에서 꼽는다면 보통은 『모든 것이 F가 된다』를 고를 것 같은데 말이에요.”

“결말을 좋아해. 과학적 사고방식을 다루는 그 결말이 말이야. ……으음.”

그렇게 말한 케이코인 씨는 갑자기 입을 다물었다.

아마 눈치챘으리라. 방금 자기가 한 말이 내 답과 같은 의미를 지니고 있다는 것을…….

“……이거, 한 방 먹었는걸.”

"우연이지만요."

"그럼 답례 삼아 묻도록 할까. 미즈토 군, 자네가 가장 좋아하는 미스터리는 뭐지?"

"『코즈믹』이에요."

"……하하! 『결코 풀리지 않는 수수께끼』인가—."

역시, 나와 이 사람은 닮은 걸지도 모른다.

살짝 숨을 내쉰 케이코인 씨는 먼 곳을 쳐다보는 듯한 눈길을 머금었다.

"……나도 조금만 더 일찍, 자네와 같은 답에 도달했다면— 아, 이러면 안 되지. 나이를 먹으면 후회만 하게 돼."

그 후, 나를 향해 손을 내밀었다.

"힘내게. 나 같은 재미없는 어른이 해줄 말은, 이것뿐이야."

"네. 물론이죠."

우리는 악수를 나눴다.

언젠가 꾼 악몽과, 이제부터 꿀 꿈에, 종지부를 찍기 위해서…….

이리도 유메 ◆ 마지막 날 1

올해 마지막 아침은, 지극히 평범하게 잠에서 깨어나며 시작됐다.

침대 안에서 눈을 뜬 후, 그대로 잠시 멍하니 있었다. 학생회에 들어간 후로 눈코 뜰 새 없이 바쁜 나날을 당연한 듯이 여겼지만, 그런 생활이 끝나면서 긴장이 풀려버린 것 같았다.

그래도 오늘 하루 정도는 이래도 괜찮을 것이다.

그렇게 생각하며 이불 안에서 몸을 동그랗게 말았지만, 이상하게도 눈이 말똥말똥해졌다. 졸리지도 않는데 침대 안에 있어봤자 심심할 뿐이기에, 이불 밖으로 나갔다. 그 순간, 겨울의 한기가 엄습하면서 바로 이불 안으로 돌아가고 싶어졌다. 그 욕구를 참으며, 난방 스위치를 켰다.

방이 따뜻해지는 사이에 세수라도 하고 오자. 나는 거울을 보며 머리카락을 대충 정돈한 후, 잠옷 차림으로 방을 나섰다. 그리고 계단을 내려가서 세면장에 들어갔다.

세면대의 수도꼭지에서 따뜻한 물이 나오길 잠시 기다렸다. 따뜻한 물이 나오자, 첨벙첨벙 소리가 나게 얼굴을 씻었다. 그 후에 로션을 화장 솜에 적셔서 얼굴 전체에 발랐다. 겸사겸사 눈썹도 체크했다. 문제는 없어 보였다.

로션이 피부에 스며드는 것을 느끼면서, 양치질을 했다. 정성 들여, 어금니 뒤편까지 빠짐없이 말이다.

그러는 도중에, 세면장의 문이 열렸다.

머리가 엉망인 미즈토였다.

나는 칫솔을 문 채 그를 돌아보며 말했다.

"조은 아찜."

"좋은 아침."

나는 컵에 담은 물로 입안을 헹궜다. 그리고 치약이 섞인 물을 뱉은 후, 입을 닦으면서 미즈토에게 자리를 양보했다.

그리고, 아무 일도 없이, 자기 방으로 돌아갔다.

난방을 켜서 따뜻해진 방 안에서, 오늘 입을 옷을 옷장 안에서 골랐다. 너무 신경 쓸 필요는 없다. 결국, 평범한 블라우스와 움직이기 편한 롱스커트를 골랐다. 그것을 침대 위에 펼쳐둔 후, 잠옷 상의를 벗었다.

아, 맞다. 브래지어도 갈아입어야겠다. 나는 장롱에서 브래지어를 골랐다.

남에게 브래지어를 보여줄 예정은…… 없다.

—하지만.

"마지막 날……이잖아."

올해, 마지막 날.

내가 스스로에게 맹세한, 그 최종 기한.

이날 승부를 벌이지 않는다면, 대체 언제 벌일까.

나는 엄마 몰래 산, 복잡한 자수가 된 귀여운 브래지어와 팬티 세트를 꺼냈다.

새 브래지어를 꼼꼼하게 걸치면서 가슴의 형태를 잡아줬다.

그러는 것만으로도, 마음이 옥죄어드는 느낌이 들었다.

이렇게, 일상이 시작된다.

나에게 있어, 승부의 일상이…….

이리도 미즈토 ◆ 마지막 날 2

오전은, 느긋하게 책을 읽으며 보냈다.

『Y의 비극』을 다시 읽었다. 일본에서 인기 있는 드루리 레인 시리즈의 두 번째 작품이다. 완전히 귀가 먼 전직 배우 드루리 레인이 치밀하면서도 날카로운 추리를 선보이기도 하고, 선보이지 않기도 한다.

종반부에 밝혀지는 경악스러운 진실까지 읽은 후, 나는 평소와 같은 감상에 사로잡혔다.

나름의 생각이 있다면, 그것을 남한테 말해줘야만 한다니깐…….

비슷한 이야기를 이사나에게 해줬을 때, 걔는 이렇게 말했다.

"OVA판 자이언트 로보 같은 건가요?"

"그게 뭔데?"

"제대로 유언을 남기지 않은 바람에 세상이 큰일 나는 이야기예요."

나중에 검색해보니, 아저씨들이나 알 법한 엄청 오래된 애니메이션이었다. 너는 왜 그런 걸 본 거야.

아무튼 어느 시대, 어느 세계에서도 디스커뮤니케이션은 비극을 낳는 것 같다. 미스터리의 살인 동기 중 절반이 살해당한 연인이라면, 남은 절반은 디스커뮤니케이션이라고 해도 과언이 아닐 정도다. —아니, 그건 과장이 심하려나.

『Y의 비극』을 책장의 원래 위치에 돌려놓은 후, 나는 책상 쪽으로 가서 가장 위의 서랍을 열었다.

손바닥 사이즈의 선물 상자 **두 개**가 나란히 놓여 있었다.

서랍을 꼭 닫은 후, 방을 나선 나는 1층으로 내려갔다. 그리고 별생각 없이 거실에 가보니 유메는 코타츠 안에서 텔레비전을 보고 있었고, 아버지는 식탁에 앉아서 책을 읽고 있었으며, 유니 씨는 부엌에서 뭔가를 삶고 있었다.

"아, 미즈토 군. 우동 삶았는데 먹을래~?"

부엌에 있는 유니 씨가 그렇게 묻자, 나는 고개를 갸웃거렸다.

"새해맞이 국수는 안 먹을 거예요?"

"응~? 에이, 하루에 면을 두 번 먹어도 괜찮잖니~. 쌀밥은 하루 세 번도 먹잖아~?"

확실히 양쪽 다 주식으로 구분한다면, 같은 잣대로 봐도 될 것이다.

「먹을게요」 하고 대답한 나는 텔레비전 앞에 놓인 코타츠에 들어갔다.

먼저 들어가 있던 유메가 나를 쳐다보며 「저기」 하고 말을 건넸다.

"새해 첫 참배는 언제 가는 타입이야?"

"언제라니?"

“날짜가 바뀐 순간에 가는지, 밤을 샌 후에 이른 아침에 가는지, 한숨 자고 내일 낮에 가는지 말이야.”

“굳이 따지자면, 안 가는 타입이려나.”

“신앙심이 없나 보네.”

“그러는 넌 신을 믿어?”

“……그것도 그래.”

믿을 리가 없다. 우리를 이렇게 농락해온 놈을 말이다.

나는 코타츠 한가운데에 놓인 귤을 손에 쥐었지만, 곧 점심을 먹는다는 것을 떠올리고 내려놨다.

“너희 집은 어떤데?”

“새해 첫날 점심에 엄마와 같이 갔었어.”

“사람 되게 많겠네…….”

“어차피 사람에 치일 거면, 한밤중에 가는 편이 재미있을 것 같아.”

“올해는 친구와 갈 수 있지 않아?”

“응. 하지만, 기왕이면 가족과도 같이 가고 싶어.”

“가족이라.”

재작년 — 아니, 아직 작년인가 — 에는, 1월 3일쯤에 아야이와 함께 갔었다. 친구도 없는데 1월 1일에 나가면 의심받을 테니 말이다.

……그때는 어떤 소원을 빌었더라.

“너는 예정 없어? 히가시라 양이나, 카와나미와 말이야.”

"이사나는 나와 같은 타입이야. 그리고 카와나미는 나를 잘 알거든."

"흐음. 하긴, 카와나미는 같이 참배 갈 사람이 많을 것 같긴 해."

"미나미 양도 마찬가지잖아."

"새벽 두 시쯤에 모이자고 했어. 같이 갈래?"

"나를 바늘방석에 앉히는 게 그렇게 즐거워?"

"후훗."

"—애들아~! 우동 다 됐단다~!"

""네~.""

우리는 그 말을 듣고 코타츠에서 빠져나왔다.

새해 첫 참배를 가든 안 가든, 우리는 그 전에 해결해야만 하는 일이 있다.

올해 먼지는 해가 바뀌기 전에 치우자.

일생일대의 대청소다.

이리도 유메 ◆ 마지막 날 3

점심 식사를 마쳤을 때, 아카츠키 양에게서 전화가 왔다.

"네, 여보세요~."

『유메~. 통화 괜찮아~?』

"응, 괜찮아."

나는 스마트폰을 귀에 댄 채 테이블에서 일어난 후, 다시 코타츠에 발을 집어넣었다.

그리고 바로 뒤편에 있는 소파에 기댄 채, 아카츠키 양의 목소리를 들었다.

『지금 뭐 하고 있어~?』

"점심 먹었어."

『오, 뭐 먹었는데~?』

"우동이야."

『새해맞이 국수?』

"그 전야제래."

『뭐~? 그게 뭐야?』

"아카츠키 양은 뭐 먹었어?"

『나는 평범하게 볶음밥~.』

"직접 만든 거야?"

『엄마가 만들었어! 선달그믐날 정도는 밥해줄게, 하면서 말이지~.』

항상 집에 안 계신 아카츠키 양의 부모님도, 선달그믐날에는 집에 계신 것 같았다.

『유메 양은 새해맞이 때 뭐 봐?』

"뭘 보냐니?"

『텔레비전이나 스트리밍 같은 거 말이야.』

"으음~. 딱히 정해둔 건 없어."

『홍백가합전 같은 건 관심 없나 보네?』

"나오는 사람을 잘 모르거든."

『하긴, 음악을 거의 안 듣잖아~.』

"내가 생각해도 여고생답지 않다 싶어……."

『노래방에서도 노래 고를 때도 나한테 도와달라고 하잖아~.』

"신세 많이 졌습니다……."

『아하하!』

"일단 카운트다운을 해주는 방송을 보고 싶네."

『그게 중요한 거구나?』

"새해가 됐다~ 하는 느낌이 들잖아?"

『아하~, 알 것 같아.』

"자기도 모르는 사이에 새해가 되면 손해본 느낌이거든."

『맞아, 맞아~!』

미즈토가 거실에서 나갔다. 계단을 올라가는 소리가 들려왔다.

"작년에는 새해 인사 LINE으로 해가 바뀐 걸 알았어."

『유메는 새해 인사 자정파야?』

"자정에 안 보내는 사람도 있어?"

『SNS가 다운되는 걸 고려해서 말이지!』

"으음…… 올해는 현실파일지도 모르겠어."

『새해 맞이한 직후에 만날 거잖아.』

"두 시였지?"

『응! 맞아. —앗!』

"왜 그래?"

『그것 때문에 연락한 거였어!』

"아, 그랬구나."

『응. 저기~, 나스카네 어머니가 차를 태워주신다니까, 이 참에 기타노 텐만구까지 안 갈래? 같은 말이 나왔거든~.』

"아! 그거 좋겠어!"

『오, 의욕이 생겼어?』

"매년 가보고 싶었지만, 새해 첫날에 가기엔 좀 멀다~ 싶었거든."

『걸어서는 한 시간이나 걸리잖아~. 그럼 결정한 거다?』

"응. 결정!"

『오케이. 그럼 두 시에 카라스마오이케의 교차로에 모이는 거야!』

미즈토가 거실에 들어왔다. 책을 들고 있었다.

성큼성큼 다가오더니, 코타츠에 발을 집어넣었다. 옆에서 뻗어온 그의 발가락 끝이, 내 정강이 근처에 닿았다.

"그런데, 카와나미와는 어쩔 거야?"

미즈토는 코타츠 위에 책을 펼쳐놨다. 『하늘을 나는 말』이었다.

『어? 뭐가~?』

"새해 첫 참배 데이트 같은 건 안 하는가 싶어서 말이야."

『안 해, 안 해!』

“왜?”

『걔 지인과 마주칠 게 뻔하거든. 나도 마찬가지고~.』

“오~.”

『뭐가 「오~」야?』

“인싸는 역시 대단하다 싶거든.”

『에이, 평범한 거야~.』

“하지만 기타노 텐만구처럼 붐비는 곳이면 못 알아보지 않겠어?”

『으음~, 그건 그래.』

나는 소파에서 슬며시 몸을 뗀 후, 책을 읽고 있는 미즈토의 얼굴을 슬쩍 쳐다봤다.

『그러는 너는 어때?』

“뭐가?”

『이리도 말이야. 크리스마스에 카와나미의 집에서 묵은 것 같던데~.』

“아, 역시 그랬구나.”

『몰랐어?』

“집에 없는 건 알고 있었어.”

『이리도는 참 너무하다니깐~! 유메가 크리스마스에 혼자 보내게 만들다니 말이야!』

“우리는 회장님의 파티에 초대받았잖아.”

『그건 그래~.』

아카츠키 양답지 않게, 말을 빙빙 돌리고 있었다.

마치 신경 쓰이는 일이 있지만, 딱 잘라 물어보지 못하고 있는 것만 같았다.

"아카츠키 양은 좀 불만이야?"

『으음~. 불만이랄까~.』

"카와나미와 같이 못 보내서 그래?"

『아냐! 아니, 그게 말이야…….』

이제 말하려나 보다.

『이리도도, 유메도 고민하는 것 같아서…… 걱정되거든.』

아카츠키 양은 상냥하네.

좋아하는 사람과의 크리스마스를 방해받았으면서, 우리를 걱정해주고 있다.

"괜찮아."

절친을 안심시키기 위해, 나는 딱 잘라 말했다.

"분명, 괜찮아."

미래는 알 수 없지만…….

지금의 나라면, 그리 나쁜 쪽으로 흘러가지 않을 거란 근거 없는 자신감을 품고 있다.

『그렇구나. ……그럼 됐어.』

아카츠키 양은 더 묻지 않겠다는 듯이 그렇게 말했다.

『그럼 두 시! 카라스마오이케에서 봐!』

"응. 기억해둘게."

『밤길은 위험하니까, 이리도한테 바래다 달라고 해!』

"……응."

그럴 수 있으면 좋겠다고, 나도 생각한다.

『그럼! 바이바이~!』

"바이바이."

상대방이 전화를 끊을 때까지 기다린 후, 나는 스마트폰을 귀에서 뗐다.

약간 피곤을 느낀 내가 다시 소파에 기대려고 했을 때였다.

"……저기."

퉁명한 목소리가, 내 귓불에 살며시 닿았다.

"왜?"

나는 소파에 기댄 채 고개를 들어서, 미즈토를 쳐다봤다.

미즈토는 책을 덮더니, 내 얼굴을 응시했다.

"……."

"저기, 미네 씨. 이리도 집안에선 떡국을 백된장으로 끓여?"

"……."

"응~? 딱히 정해진 건 없는데, 어머니가 끓여주신 건 백된장이 들어갔던 것 같아."

우리가 침묵에 잠겨 있을 때, 부엌 쪽에서 부모님의 목소리가 들려왔다.

미즈토는 그쪽을 힐끔 돌아봤다.

여기서는 나눌 수 없는 이야기……인 걸까.

나를 다시 돌아본 미즈토는 입을 열려다가 다시 다물더니, 고개를 살며시 숙였다.

그리고 다시 내 얼굴을 응시하더니, 그제야 입을 열었다.

"밤에 참배를 갈 거면, 지금 눈 좀 붙여두는 편이 좋을 거야."

"……그래?"

"유메 양은 평소에 일찍 잠자리에 드는 편이잖아."

유메 양.

이것은, 가족으로서의 호칭이다.

긴장이 풀리면서, 갑자기 머릿속이 몽롱해졌다. 배가 부른 데다 코타츠가 따뜻해서 그런지, 눈꺼풀이 무거워지기 시작했다.

"여기서 잠들지 마."

"응……. 알았어……."

"낮잠을 자고 나서……."

정신이, 약간 들었다.

"조금만, 시간을 내줘."

……응.

머릿속으로 대답을 한 나는 마음을 굳게 먹은 후, 코타츠에서 나왔다.

"나도…… 할 말이 좀, 있어."

사과하고 싶은 일도, 있다.

우리는 작은 목소리로 그런 이야기를 나눴다. 부엌 쪽에 있는 부모님을 힐끔 쳐다보니, 우리 이야기를 들은 것 같지는 않았다.

"유메 양, 혹시 이 작가의 책을 가지고 있으면 빌려주지 않겠어?"

미즈토는『하늘을 나는 말』을 들어 보이더니, 갑자기 그렇게 말했다.

"응. 나중에 내 방으로 와."

이것은 만약에 대비한 위장이다.

우리가 단둘이 있어도 이상하지 않도록 하기 위한, 복선.

거실을 나선 나는 2층으로 올라간 후, 내 방으로 들어갔다.

낮잠을 자는 동안에 머리카락이 헝클어지면 성가시기에, 머리카락을 땋았다. 옷은…… 어차피 밤에 갈아입을 테니, 이대로도 괜찮을까.

침대에, 털썩 드러누웠다.

그리고 천장을 올려다보며, 작게 한숨을 내쉬었다.

그리고, 생각했다.

앞으로의 일을.

우리의 일을.

과거의 일본에서 결혼이란, 가족과 가족의 합병 같은 것이었다고 한다.

당시에는 가족 제도라는 게 있었으며, 간단히 말해 가족 전체가 아버지를 사장으로 한 기업 같은 것이었다. 그래서 결혼은 다른 가족(기업)과 밀접하게 연계하면서, 서로의 가족을 더욱 크게 만들기 위한 경제 전략이었다. 그래서 결혼 상대는 아버지가 정하는 게 당연했으며, 여학교에서는 꽃꽂이나 거문고 같은 신부 수업에 필요한 것들을 진지하게 가르친 것이다.

자유연애 시대를 사는 사람이 보기에는 불합리한 제도지만, 그 시대에 있어서는 나름의 합리성을 지니고 있다. 실제로 그렇게 맺어진 부부는 요즘 부부처럼 간단히 이혼할 수 없을 것이다. —마음에 안드는 점이 있더라도 어쩔 수 없다고 참으며, 끈질기게 마주하는 사이에 유대 같은 것이 싹트리라.

그편이 차라리 낫다고, 나는 말할 수 있을까.

연애 같은 귀찮은 짓을 자신의 의지와 개인의 재량에 따라 제로부터 해나가야 하는 지금보다, 가족이 괜찮은 상대를 알아서 정해주는 옛날이 더 낫다고 말할 수 있을까.

……모르겠다. 실제로 경험해봐야 알 수 있을 것 같다.

적어도 내가 그런 과거의 사람이라면, 인생에 자유는 없을 것이다. 결혼이라는 중요한 일조차, 타인에게 맡기는 것이다. 이건 결국, 자유를 지불해서 편안함을 산 것에 지나지 않는다.

자유는, 편안하지 않다.

히가시라 이사나라고 하는, 내가 아는 이들 중에서 가장 자유로운 애를 돌보면서 알게 됐다. 그 애는 자유롭기 위해, 다른 고등학생이 짊어지지 않아도 되는 고생을 짊어졌다.

예를 들어 체육 시간에 짝을 구하지 못하거나, 숙제를 아무도 보여주지 않는다거나, 교과서를 빌릴 상대가 없다거나—.

그저 외톨이에 지나지 않다고 말하면 간단하겠지만, 그 애는 인간관계를 생략함으로써 타인에게는 없는 재능을 얻었고, 지금 그것을 늘리고 있다. 모든 외톨이가 그렇게 될 수 있는 건 아니지만, 인간관계에 할애하지 않은 리소스를 다른 부분에 쏟아부을 수 있는 것은 엄연한 사실이다.

모든 것은 등가교환이다. 대가 없이는 아무것도 얻을 수 없다.

자유롭기 위해서는 그에 상응하는 노력이 필요하다. 상식에, 고정관념에 사로잡히지 말라고 말하는 건 간단하다. 그렇다면 너는 처음부터 자신의 상식을, 그 무엇에도 고정되지 않는 관념을, 자력으로 하나부터 쌓아 올릴 수 있는가?

그런 것은 누구도 알 수 없다. 개척자는 성공했기에 평가

받는다. 그 성공이 진정한 성공인지도, 먼 훗날에만 알 수 있다. 크리스토퍼 콜럼버스가 위대한 모험가임과 동시에 최악의 학살자인 것처럼 말이다.

해보지 않으면, 알 수 없다.

해보려 하는, 각오가 있다.

미혹에서 벗어나, 도리를 깨닫는 것— 각오를 다진다는 건, 말뿐인 맹세가 아니다. 해낼 수 있는지 알 수 없는, 그런 무모한 약속을 하는 게 아니다.

나와 유메라면 절대 헤어지지 않을 것이라고, 누가 확신할 수 있을까?

이미 한 번— 헤어졌는데 말이다.

처음 사귄다면, 미래를 향한 무모한 맹세를 할 수도 있으리라. 그것은 무지하고, 미숙해서다. 하지만 우리는 알고 있는 것이다.

사랑은 언젠가 끝난다.

애정은 언젠가 식는다.

영원한 연애 따위, 존재할 리 없다.

아마도, 예외는 존재하지 않을 것이다. 타인과 타인이 수십 년을 함께 하면서도, 상대방을 단 한 번도 싫어하지 않는다는 건 절대 무리다.

그럴지라도…….

이리도 미즈토, 나는 말할 수 있는가.

건강할 때도 아플 때도, 기쁠 때도 슬플 때도, 풍족할 때도 가난할 때도, 서로를 공경하고 위로하며, 도우면서, 목숨이 다하는 순간까지—.

아직 고등학생에 지나지 않으면서.

—진심으로 헌신할 것을, 맹세할 수 있는가?

어리석은 질문이야.

몇 번이고, 스스로에게 물었다.

몇 번이고, 스스로에게 답했다.

그렇기에, 어리석은 질문이라 단언할 수 있다.

어리석은 질문이다.

그런 건, 당연히 불가능하다.

이리도 유메 ◆ 비익조 2

16년.

아직, 겨우 16년밖에 안 된다.

내가 이 세상에 태어나고…….

미즈토가 이 세상에 태어나고…….

아직, 16년밖에 흐르지 않은 것이다.

우리가 만난 날부터 샌다면, 많이 잡아도 3년밖에 안 된다. 더 긴 시간 동안 사귀고도 결혼하지 않는 커플이 있는데, 겨우 3년만 함께 시간을 보냈을 뿐인 우리가 어떻게 영원한 사랑을 맹세할 수 있을까?

말뿐이다.

한때의 착각이다.

사춘기에 휘둘리고 있을 뿐이라는 것을, 똑똑히 알고 있다.

연애소설의 결말이라면 멋질 것이다. 서로의 마음을 확인하고, 영원한 사랑을 맹세한 후, 다음 페이지에서 결혼식 장면이 나오더니, 오랫동안 행복하게 살았답니다, 짝짝짝—.

현실은 그렇지 않다.

아니, 연애물이 거기서 끝나는 것만 봐도 명백하지 않을까. 그 후로는 드라마가 없다. 가슴 뛰는 사랑도, 활활 타오르는 듯한 애정도, 그 후로는 존재하지 않는다. 정점에 도달하고 나면, 내리막길을 내려갈 뿐이다. 그렇게 드라마틱한 사랑이 구질구질하게 정체되며 식어가는 광경은 누구도 보고 싶어 하지 않으니까, 이야기는 거기서 끝난다.

이야기의 마지막 페이지는, 마치 앨범의 사진 같다. 아름답게 보존된 채, 물줄기처럼 흘러간다.

영원 따위는 어디에도 없다.

존재하는 건 분명, 하염없는 변화뿐이다.

그 모든 것을 극복한 사람만이, 인생을 행복하게 끝마칠 수 있다.

생각하면 할수록 힘든 여정이었다. 더욱 신중해야만 한다. 더욱 시간을 들이며, 이 인생이라는 험난한 길을 극복할 방법이 뭔지 생각하고 또 생각해야 한다.

겨우 16년만으로는 너무나도 부족하다.

3년 정도로는 보탬이 되지 않는다.

아마 많은 어른이 같은 말을 할 것이다. 더 생각해보는 편이 좋다. 아직 학생이지 않으냐. 사회에 나간 후라도 늦지 않다. 다들, 생각이 짧은 나에게 충고를 해주리라.

이런 정론 따위, 못 들은 척을 할 수 있다면 편할 것이다.

이 순간의 감정에 취해, 비일상적인 분위기에 사로잡혀…….

그렇다. 크리스마스이브의 밤처럼— 충동에 휩쓸려 행동한다면 말이다.

솔직히 말해, 정말 기분 좋았다.

하지만, 그것은 가짜다. 크리스마스나 야경이 멋진 레스토랑처럼 일상에서 벗어난 분위기란 양념이 더해진 맹세 따위, 오랫동안 이어질 리가 없다.

나에게 필요한 건…….

평범한 일상 속에서, 예사로운 생활 속에서, 당연한 듯이—.

그럴지라도.

—하며, 각오를 다지는 것이다.

그래서 나는, 이 승부 날에 데이트를 잡지 않았다.

나는, 아름답게 꾸며진 추억을 원하는 게 아니다.

마지막 페이지 이후를 향해 날아가기 위한, 또 하나의 날개를 원하는 것이다.

이리도 미즈토 ◆ 비익조 3

비익조, 라는 말이 있다.

날개를 하나만 가진 새는, 암수가 짝을 이루면서 한 쌍의 날개가 갖춰져야만 비로소 날아오를 수 있게 된다—.

나는, 비익조일까?

스스로 그렇게 생각해본 적은 없다. 혼자서도 살아갈 수 있다고 쭉 생각해왔다.

하지만, 그렇다면.

유메와 함께 불꽃을 본 그때, 왜 나는 울고 말았던 걸까.

그때의 자신을, 지금도 이해할 수 없다. 기뻤던 것일까? 안심한 것일까? 부정적인 감정에 사로잡힌 게 아니라는 건 분명하지만, 정확하게 분석하는 건 불가능했다.

유메라면— 알까.

울고 있는 나에게 키스를 한, 유메라면…….

사람은 자기가 생각하는 것 이상으로, 자기 자신을 알지 못한다. 케이코인 씨조차도, 자식이 태어날 때까지 자신의 본질을 파악하지 못했던 것이다.

나는 이미, 자기가 나아갈 길을 찾았다.

하지만, 그 길을 나아가는 자신을 돌아볼 수는 없다.

누군가가— 봐주지 않는 한은 말이다.

이것은 어리광일까? 고리타분한 가족 제도처럼, 자기 자신을 중심으로 가족을 구성하려는 것일까?

아니다.

나는 안다. 그녀를 안다.

남들과 제대로 이야기를 나누지 못하던 그녀부터, 학생회에서 어엿하게 활약하고 있는 그녀까지 알고 있다.

겨우 현모양처 따위로 안주할 애가 아니다.

나를 위해서도, 유메를 위해서도 아니다.

우리를 위해서…….

한 쌍의 날개가 필요하다고, 생각한다.

이리도 유메 ◆ 자, 마음은 굳혔다

나는 눈을 떴다.

이리도 미즈토 ◆ 이야기를 나눌 시간이다

나는 책을 덮었다.

이리도 유메 ◆ 남매 회의·도입부

시계는 오후 다섯 시를 가리키고 있었다.

낮잠에서 깨어난 나는 땋은 머리카락을 푼 후, 빗질을 했다. 몇 번이고 정성 들여서, 한 올도 흐트러지지 않도록 말이다.

그러고 있을 때, 이윽고 방문에서 노크 소리가 들려왔다.

"네."

나는 빗을 내려둔 후, 문을 안에서 열었다.

복도에서 기다리고 있던 이는, 역시 미즈토였다.

미즈토는 내 얼굴을 살피듯 쳐다보더니…….

"지금, 괜찮아?"

……하고 말했다.

나는 가볍게 앞머리를 정돈하면서…….

"응. 정신 차렸어."

……하고 말했다.

그 후, 미즈토의 뒤편— 복도 안쪽을 쳐다봤다. 부모님이 쳐다보고 있는 낌새는 느껴지지 않았다.

"들어와."

그렇게 말하며 비켜서서 미즈토를 안으로 들인 후, 문을 닫았다.

미즈토는 태연한 발걸음으로 방 안에 들어오더니, 카펫 위에 놓인 테이블 옆에 앉았다. 나도 미즈토의 곁에 앉으려다…….

"아."

"응?"

돌아보는 미즈토를 향해, 나는 말했다.

"차 마시지 않을래? 자고 일어났더니 목이 말라."

"아…… 공기가 건조하니까 말이야. 내 몫도 부탁해."

그리하여, 방을 나선 나는 1층으로 내려갔다.

거실에서는 엄마와 미네아키 아저씨는 코타츠 안에 들어가서 느긋하게 시간을 보내고 있었다. 나를 딱히 신경 쓰는 것 같지는 않았다. 이 틈에 컵 두 개를 준비한 후, 냉장고 안에 있는 엽차가 든 병을 손에 쥐었다.

그것들을 양손에 쥔 나는 2층에 있는 내 방으로 돌아갔다.

"영차."

컵 두 개와 차가 든 병을 테이블 위에 뒀다.

나는 미즈토와 테이블을 사이에 두고 마주 앉은 후, 컵에 차를 따랐다. 내가 병을 내려놓자, 미즈토도 직접 컵에 차를 따랐다.

나는 차의 절반 정도를 마셨고, 미즈토는 입에 대지 않았다.

지금은 입에 대지 않았지만, 이 이야기가 끝날 무렵에는 차를 비울 것이다.

"……."

"……."

째깍, 째깍, 째깍.

한동안, 시계 바늘이 움직이는 소리만이 주위에 울려 퍼졌다.

타이밍을 재고 있는 것이다. 이야기를 시작하기 딱 좋은,

호흡이 정돈되는 타이밍을 말이다.

먼저 입을 떼야 하는 사람이 누구인지는, 알고 있다.

나는 테이블에 놓인 컵에서 손을 뗀 후, 치마에 감싸인 무릎을 꼭 움켜쥐었다.

그리고— 정면에 있는 미즈토의 얼굴을 똑바로 쳐다보며, 말했다.

"—일전에는, 정말 미안해."

그리고, 고개를 숙였다.

"경솔한, 행동이었어. 네가 얼마나 진지하게 생각하고 있는 줄도 모르고—."

경거망동— 그 말이 딱 들어맞는다고, 지금은 생각한다.

자기 마음부터 정해두는 편이 좋을 것이라는 마도카 씨가 넉 달 전에 해준 조언을, 나는 착각했다.

가족과 친구 같은 주위의 일은 일단 제쳐둬도 된다는 말을 듣고, 나는 진짜로 자기 마음만 생각하게 되고 말았다. 그 결과, 여러 문제는 못 본 척하면서 성급한 행동을 취하고 말았다.

그 행동이 성공했다면, 나는 그 후에 어떻게 할 작정이었을까.

욕망만으로 맺어지는 것을, 나와 미즈토는 가장 바라지 않는데—.

"……나야말로, 미안해."

테이블에 이마가 닿을 듯이 고개를 숙인 나에게, 미즈토는 멋쩍은 투로 말했다.

“내 애매모호한 태도가, 너를 궁지로 몰았을 거야. 내가 더 일찍, 자기 의견을 너에게 전해야 했어.”

“……그걸 알아듣지 못한 건, 바로 나잖아?”

나는 고개를 든 후, 테이블을 향해 몸을 내밀었다.

“너는 태도로 의견을 밝혔는데, 나는 싫다고 했어! 그리고 알아듣지 못한 척을 하며……!”

“그래도 전할 기회는 있었어. 냉정을 유지했다면 말이야. 네가 궁지에 빠지면 폭주한다는 걸 알고 있으면서—.”

“그 폭주를 안 해야 했다는 이야기거든?!”

“성격이라는 게 그렇게 쉽게 바뀌겠냐고!”

“바꿀 수 있거든?! 최선을 다하면 말이야!”

“그런 건 자기 파괴라고 해, 이 바보야!”

“…….”

“…….”

우리는 갑자기 입을 다물면서, 서로의 얼굴을 응시했다.

미즈토의 얼굴은, 마치 허를 찔린 것 같았고…….

나 또한, 아마 비슷한 표정을 짓고 있을 것이다.

“……뭐야. 더 심각한 분위기가 될 줄 알았는데 말이야.”

“내가 할 말이라고. 이래서야 평소와 마찬가지잖아.”

그래도, 하고 말한 미즈토는 슬며시 미소를 머금었다.

"왠지, 그리운 느낌도 드는걸."

……그렇다.

이런 말다툼도, 참 오랜만에 하는 느낌이 들었다.

이 한 달 동안, 나는 미즈토를 함락시키기 위해 겉만 포장하면서— 진정한 자신을 드러내며, 미즈토와 마주하지 않았던 걸지도 모른다.

나는 앞으로 내밀고 있던 몸을 되돌린 후, 「휴우」 하고 가볍게 한숨을 내쉬었다.

"……그럼, 다시 이야기를 나눠보자."

얼버무리지도…….

겁먹지도 않으며…….

"만약 우리가 사귄다면, 어떻게 될 것 같아?"

이리도 미즈토 ◆ 남매 회의·사귀게 된 후에 관해

"딱히 달라지는 건 없겠지."

……하고 나는 말했다.

유메는 등을 꼿꼿이 세운 채, 내 말에 귀를 기울이고 있었다.

"만나는 빈도가 달라지진 않아. 호칭이나 말투가 달라지지도 않지. 적어도 표면적으로는 지금과 크게 다를 게 없어. 내 예상으로는 그래."

"그렇다면 왜, 우리의 교제를 우려하는 거야?"

"달라지는 건, 사귈 때가 아니라 헤어질 때거든. 예전의 우리를 떠올려봐. 그렇게 머릿속이 핑크빛이었던 인간들이, 그렇게 가시 돋친 관계가 됐다고."

"왜 헤어지는 걸 전제로 삼는 거야."

"가능성은 부정할 수 없어. 전과가 있는걸."

"한 번 있었던 일은 두 번 있을 수 있다는 거야?"

"몰라. 모르지만, 도박을 벌이기에는 위험 부담이 너무 크다는 말이야."

"우리 사이가 나빠지면, 부모님에게도 영향이 가겠네."

유메가 고개를 끄덕이자, 그녀의 긴 머리카락이 찰랑거리듯 흔들렸다.

"하지만, 나도 좀 생각해봤어."

"뭘?"

"우리들, 부모님 앞에서 싸운 적이 있잖아?"

"……그래. 1학기 중간고사 때였지?"

"응. 하지만 그때는 부모님도 헤어진다는 말을 안 했어."

"그건 일시적인 남매 싸움이었잖아."

"지금 생각해보면, 그때도 네 나쁜 점이 드러났었어. 멋대로 내 마음을 헤아려서, 멋대로 해결하려고 했잖아. 남이 보기에는 완전 어이없는 짓이거든?"

"시끄러워. 그럼 대놓고 말하는 편이 나았다는 거야? 『네가 전교 1등을 놓치더라도 친구들은 떠나가지 않으니까, 그걸 증명하기 위해 밤을 새워가며 공부했다』 하고 말이야."

"듣고 보니 진짜 별로네."

"그렇잖아."

"하지만 결국, 너는 폼을 잡았을 뿐인 거잖아."

"……."

"나도 그래. 입학 직후의 다툼도 결국 내가 멋대로 벌인 거야. 시골에서의 불꽃 축제 때도, 내가 멋대로 너를 쫓아갔잖아."

"우리는…… 서로에게, 너무 폼을 잡으려고 했던 건가."

"응."

"그런 걸, 영원히 이어갈 수 있을 리가 없어."

"응."

"……미안해. 말이 부족했던 걸 사과할게. 그래서?"

"그러니까 일시적으로 우리가 싸우더라도, 부모님은 그것도 가정 안에서의 일이라고 생각해줬다는 거야."

"그런 감정적인 말다툼과, 헤어진 커플의 서먹함을 똑같이 여기지 마. SNS에 수없이 존재하는 시꺼먼 아이콘의 헤어졌습니다 계정을 강제로 보면서 생활하는 거나 다름없다고."

"어? 시꺼먼 아이콘의 헤어졌습니다 계정이 뭐야?"

나는 트위터 검색란에 『헤어졌습니다』 하고 입력해서, 줄지어 등장한 헤어진 커플들의 계정을 유메에게 보여줬다.

"우와……."

"어때? 이 허무를 유니 씨에게 보여주게 된다고."

"……하, 하지만 동거를 막 시작했을 적의 우리는 실제로 이런 느낌이었잖아."

"그때는…… 가족과는 상관없는 일이라고 여기며, 숨겼잖아."

"다음에는 그러지 못할 거란 말이야……?"

"언제가 될지는 모르지만, 결국을 말해야만 할 거야. 몰래 사귀다가, 위험한 순간을 부모님이 목격하면 어쩔 건데? 그거야말로 최악이라고."

"……위험한 순간이라니?"

"그야……."

크리스마스이브에 네가 하려고 했던 짓이야, 하고 말하는 건 어려웠다.

유메는 자기가 물어놓고, 부끄러운 듯이 눈을 돌렸다. 하지만 이 이야기를 나눌 거라면, 그런 부분을 무시하고 넘어갈 수 없다.

"아니면 너는 사귀자고 해놓고 아무 짓도 안 할 생각인 거야?"

"그건! 그건……."

유메는 몸을 배배 꼬며 자신의 몸을 감싸 안았다.

나는 그 모습을, 진지하게 응시했다.

"……그럴 생각은, 없어."

눈빛이 흔들리고 있는 유메가, 쥐어짜 내는 듯한 목소리로 말했다.

"할 거야. 뭔가, 할 거야……."

"……이 우등생, 진짜로 머릿속이 핑크빛이네."

"시끄러워! 자기가 잘 숨긴다고 시치미 떼기야?!"

"근거 없는 중상모략은 하지 말아 주겠어?"

"이제 와서 숨길 수 있을 것 같아? 내가 욕실에 들어갔을 때…… 엄청, 반응했으면서……."

"큭……."

그때 일은, 통한의 미스다…….

"우리가 다시 사귀게 된다면, 어차피 못 참는 건 너일걸? 아카츠키 양도 『남자애가 야한 짓을 참는 건 무리야』 하고 말했어."

"그 애는 너한테 괜한 소리를 너무 하네……."

"하지만, 그렇게 생각하면…… 평생 숨기는 건 어렵겠지?"

"다른 거라도 마찬가지야. 가족 상대로 뭔가를 숨기는 건 큰일이잖아."

"그럼 제대로 이야기하고 허락을 받는 편이 낫다는 거야?"

"어느 정도 시간을 두며 관계가 안정된 후의 이야기지만 말이야. ……어디까지나 만약이거든? 만약의 이야기라고."

"알아. ……허락해줄까?"

"몰라. 나는 자기 자식과 재혼 상대의 자식이 서로를 좋아하게 된 적이 없거든."

"맞아……. 대체 어떤 기분일까……."

"상상조차 안 돼. 미지의 영역이라고 말할 수밖에 없네."

"그럼, 뭐, 일단 허락을 받았다고 가정하자."

"가정에 가정을 더하지 마……."

"어쩔 수 없잖아. ……허락을 받았다고 가정하면, 그다음엔 어쩔 건데?"

"당당하게 사귈 수 있게 된 후에 뭘 할 거냐고 묻는 거야?"

"응."

"그건 네가 할 말이야. 뭐가 하고 싶은데?"

"그건…… 알잖아?"

"중학생 때의 연애를 이제 와서 되풀이하려는 거냐."

"뭐, 뭐야?! 대체 무슨 말이 듣고 싶은 건데?!"

"내가 말하고 싶은 건, 역시 아무것도 달라지지 않을 거란 말이야. 이사나나 할 법한 소리지만, 사귄다고 해서 달라지는 거라고는 야한 짓을 하느냐 마느냐 정도 아니려나."

"……그렇지 않아."

"그럼 뭐가 달라지는데?"

"나는 네 여친이 되고, 너는 내 남친이 돼."

"뭐? 유의어 반복이야?"

유메는 고개를 저었다.

"그게 중요해. ……네 옆이라고 하는 이 세상에 단 하나뿐인 자리를, 내가 채우고 싶어."

……하나뿐인, 자리.

그 말은 왠지 익숙했다.

이사나의 고백에, 답할 때—.

"너와 히가시라 양은 사귀든 안 사귀든 별반 다르지 않다고 말해. 하지만 나는 달라. 나한테는 역시 특별한 일이야. 다른 그 무엇으로도 대체할 수 없을 만큼…… 특별해."

"……뭐가? 어떤 식으로?"

"그런 구체적인 게 아니라……."

"……잘 모르겠어."

"왜 모르는 거야? 평소에는 기분 나쁠 정도로 내 마음을 잘 헤아려주잖아."

유메가 비난하는 듯한 어조로 그렇게 말하자, 나는 약간 울컥했다.

"네 설명이 어설퍼서야. 좀 더 구체적으로, 알아듣게 말해."

"그러니까 구체적 같은 게 아니라……! 좀 알아들어! 여친을 뒀던 적이 있는 사람이 말이야!"

"모르겠는데 어떻게 하냐고! 공감을 강요하지 마! 너는 진짜 뇌까지 여자 그 자체구나!"

"남자니 여자니 같은 건 상관없지 않아?!"

새된 목소리로 고함을 지른 직후, 유메는 화들짝 놀라며 입을 다물었다.

나도 숨을 죽이며, 방 밖의 기척을 살폈다.

너무 언성을 높이면, 1층에 있는 부모님에게도 들릴 것이다. ―한동안 입을 다문 채 기척을 살폈지만, 아무래도 들통나지는 않은 것 같았다.

우리는 한숨을 내쉬면서 눈짓을 교환했다.

"……좀 냉정해지자."

"폭발한 건 바로 너야."

"누구 탓― 하아, 정말. 이러면 안 되는데!"

또 폭발하려다 자제하는 것을 보면, 성장하기는 한 것 같았다.

"아무튼, 나에게 있어서는 특별해. 그렇다기, 보다……."

유메는 말을 고르듯, 한동안 뜸을 들였다.

"특별……했으면, 좋겠어."

유메는 숨김없이 솔직한 마음을 드러냈다.

"진심에는, 진심으로 답해줬으면 하거든."

―진심에는, 진심으로…….

아직 확실하지는 않지만…… 조금은, 알 것 같았다.

"……이렇게 됐으니, 속내를 털어놓겠는데 말이야."

진심에 진심으로 답하기 위해, 나는 마음속의 생각을 솔직하게 털어놨다.

"나는 아마, 속박당하는 걸 싫어하는 타입일 거야."

"……윽."

"그리고 중학생 때의 경험에 비춰볼 때, 너는 감정이 격해지면 무시무시하게 부담스러워지는 타입이지. 이 점에 대해선 어떻게 생각해?"

우리의 불화가 정점을 찍게 된 일만 떠올려봐도, 그 점은 확실했다.

그 후에 이어진 내 행동에 문제가 있긴 했지만, 따지고 보면 이 여자는 내가 다른 여자와 이야기를 조금 나눈 일을 가지고 반년 넘게 앙금을 품었던 것이다.

나에게는, 이미 목표가 있다.

이 여자가, 그걸 방해하지 않겠다고 말할 수 있을까?

말할 수 있을 리가 없다. 과거에 실제로 일어난 일을 생각해보면 말이다.

"……너가 바람 안 피우면 되잖아?"

유메는 삐친 듯한 말투로 그렇게 말했다.

바로 이런 태도다.

"어디서부터 바람인 건데? 말만 섞어도 바람이야?"

"이젠 그 정도는 아니거든?!"

"그럼 어느 정도인데?"

"으, 으음~. 손을 잡는 건, 안 돼……."

"같은 방에 있는 건?"

"상대방의 몸에 손가락도 대지 않는다면야……."

"그걸 어떻게 확인할 건데? 지문 검사라도 할 거야?"

"—하아, 정말! 그러니까 히가시라 양 이야기를 하는 거잖아?!"

인내심이 바닥이 난 듯한 유메는 차를 전부 들이켰다.

빈 컵을 거칠게 테이블에 내려둔 유메는 가라앉은 눈길로 나를 노려봤다.

"이미 다 조사해뒀거든? 철저하게 이야기를 나누자."

이리도 유메 ◆ 남매 회의·히가시라에 관해

"요즘 들어, 히가시라 양의 방에 눌러앉아서 지내는 것 같더라?"

사기 말투가 바람피운 남친에게 따지는 여친 같다는 것을 자각하면서, 나는 말했다.

"처음에는 가정교사라고 말했지만, 실은 여러모로 돌봐주고 있다며?"

"어째서 알고 있는 거야……."

"본인에게 들었거든."

"이사나를 찾아간 거야?"

"응. 그림도 봤어."

"……그래서?"

"내가 묻고 싶은 건 하나야."

나는 미즈토의 코끝을 향해, 손가락을 쑥 내밀었다.

"너…… 진짜로 히가시라 양을 건드리지 않을 자신, 있어?"

"……."

"대답을 못 하네."

"생각할 시간을 좀 줘."

"생각할 필요가 있다는 거잖아?"

"그래……. 있어."

"으…… 솔직하게 인정하는구나."

"이제 와서 얼버무릴 생각은 없거든……. 실토하자면, 이 사나를 상대로 욕구를 느낀 순간이 있어. 당연하잖아."

"뻔뻔하게 나오네."

"하지만, 너도 걔가 얼마나 무방비한지 알잖아? 의식하지 말라는 게 무리야. 나도 욕망을 완전히 제어할 수 있진 않거든……."

"히가시라 양은 너를 친구로서 신용하잖아? 그런 애를 엉큼한 눈길로 쳐다보는 건, 히가시라 양에게 실례 아닐까?"

"알아……. 그래서 겉으로는 드러내지 않는 거야. 너, 알아? 걔는 자기 집에서 더 무시무시하다고."

"무시무시하다니, 뭐가 말이야……?"

"얼마 전에는 엉덩이가 거울에 비치고 있는 걸 눈치 못 채더라고……."

"뭐? 그게 무슨 소리야?!"

"걔가 안 씻었다고 해서 샤워를 시켰는데, 갈아입을 옷을 챙기는 걸 깜빡했거든. 그걸 가져다줬는데, 문 너머에 세면대의 거울이 있어서……."

나는 아리마 온천에서 본, 히가시라 양의 알몸을 떠올렸다.

무심코 가슴에 눈이 갔지만, 히가시라 양은 몸 전체가 육감적이고 글래머러스했다. 그래서 만져보면 참 부드러울 것 같았으며, 엉덩이 또한―.

"에로틱……."

"왜 네가 흥분하는 건데?"

으윽, 하며 나는 허둥지둥 입을 다물었다.

아니다, 아니다, 아니다. 나는 아카츠키 양이나 아소 선배처럼 음란한 애가 아니다.

"아무튼……."

나는 마음을 다잡으며 말했다.

"그런 애와 같은 방에 있어도, 절대 안 건드릴 자신이 있어?"

내가 남자라면, 일주일 안에 인내심이 바닥나고 말 것이다.

아니, 남자가 아니더라도 한 사흘쯤에 건드릴 게 틀림없다. 아카츠키 양과 아소 선배는 처음 만났을 때 바로 히가시라 양을 건드렸으니 말이다.

미즈토는 난처한 듯이 손으로 목을 매만지며 말했다.

"……내 의지로는, 안 건드려. 그렇게 말할 수밖에 없네."

"내 의지로는?"

"우연히 만지는 일이라면 있을지도 몰라. 예를 들자면, 개가 장래에 술을 마시게 되어서 취해버린다면, 내가 걔를 돌보게 되지 않겠어? 그럴 때는 만질 수밖에 없을 테고, 옷을 갈아입히는 일도……."

"그건 흔히 말해 기회라는 이야기야?"

"딱히 기회는 아냐."

"정말 그렇게 생각해?"

나는 도끼눈을 뜨며 미즈토를 흘겨봤다.

"진짜로 기회가 아니라고 단언할 수 있어?"

"……하아."

미즈토는 고개를 푹 숙이더니, 한숨을 내쉬었다.

"정말, 철저하게 이야기하는 거구나."

"그래. 아까 그렇게 말했잖아?"

"기회라고는 생각 안 해. 오히려 죄책감을 더 강하게 느끼겠지. 그래도 아마, 조금은 기쁘지 않을까 싶네."

"……거봐."

"거봐, 는 또 뭐야."

"그런 마음이 있다면, 언젠가는 자기 의지로 히가시라 양을 건드리는 일도 있지 않겠어?"

지금은 미즈토도, 여자애를 건드리는 것에 크나큰 장벽이 있다. 사귀던 시절의 나는, 그런 짓을 그에게 한 번도 허락하지 않았다.

하지만 그 장벽이, 앞으로 없어진다면?

익숙함에서 비롯된 가벼운 마음이, 가장 가까운 곳에 있는 히가시라 양을 향하지 않을까. ―가능성만 보자면, 충분히 있을 수 있는 일이다.

"……미래의 일은 몰라."

미즈토는 피곤한 듯한 투로 말했다.

"나와 네가 다시 사귀더라도― 아, 어디까지나 만약이지만 말이야."

"응, 어디까지나 만약인 거네?"

"사귀더라도, 내가 이사나와 바람을 피운다는 세계선의 존재를 완전히 부정할 수는 없을 거야. 나와 이사나는 그럴 마음이 없지만, 그래도 인간에게는 마가 끼는 순간이 있잖아."

"……응."

"그 가능성에 대해 내가 할 수 있는 건, 단 두 가지뿐이야. 『아무 짓도 하지 않겠다』고 계속 주장하거나, 이사나와의 관계를 완전히 끊는 거지."

"……."

"단, 나는 후자를 선택할 마음이 전혀 없어. 그럴 바에야―."

"―나와 사귀지 않겠다, 는 거잖아. 알아."

"……어디까지나 만약의 이야기야."

"응. 만약의 이야기……."

나도 히가시라 양에게서 절친을 빼앗고 싶지는 않다.

그럴 바에야― 나도 미즈토와 사귀지 않겠다.

자신이 얼마나, 그릇이 작은 인간인지 알고 싶지 않다…….

"아무튼, 내가 할 수 있는 건 『아무 짓도 하지 않겠다』고 계속 주장하는 것뿐이야. 그걸 믿어달라고 할 수밖에 없어. 가까운 미래에 이성과의 접촉을 계측할 수 있는 도구가 발명된다면, 그걸 나한테 써도 돼. 가능성이란 것에 대한 대처는 그런 방법으로만 가능하잖아. ……내가 하고 싶은 말이 뭔지, 알겠어?"

"응. ……악마의 증명, 이란 거지?"

"그래. 불륜 조사를 하는 현실의 탐정도 『불륜을 저질렀다』는 조사는 할 수 있지만, 그 반대는 못 하잖아."

듣는 이가 짜증 날 정도의 정론만 늘어놓고 있다. 여자애는 해결이 아니라 공감을 원한다는 걸 알긴 하는 걸까? 이 애— 나와 사귄 적이 있으면서 말이야.

"그럼…… 만약의 이야기인데 말이야."

"그래, 만약의 이야기구나."

"의지와는 상관없이, 불가항력으로 히가시라 양을 건드린다면— 그때, 너는 나한테 뭘 해줄 거야?"

"……만약의 이야기지?"

"응. 만약의 이야기야."

"만약의 이야기라면……."

미즈토는 차로 목을 축였다.

"……거꾸로 묻겠는데, 너는 뭘 해줬으면 하는데?"

"나, 나한테 묻지 마……."

"이건 결국 너를 어떻게 납득시키냐는 문제잖아. 그렇다면 페널티도 네가 정해야 마땅해."

"진짜 정론만 늘어놓는다니깐……."

"어디까지나 만약의 이야기잖아. 너무 신경 쓰지 마."

"굳이, 예를 들자면……."

"굳이 예를 들자면?"

"이사나 양을 건드린 만큼, ……나도 건드려줬으면, 해……."

미즈토는 눈을 깜빡였다.

그리고, 남을 무시하는 듯이 입술을 일그러뜨렸다.

"진짜로 머릿속이 핑크빛인 여자라니깐."

"누, 눈에는 눈, 이에는 이라고 하잖아?!"

"네 법령은 메소포타미아 문명 수준에서 발전이 없는 거야?"

미즈토는 깊은 한숨을 내쉬더니, 문뜩 자기 손바닥을 쳐다봤다.

"……이사나와 만화 카페에 갔을 때의 일인데 말이야."

"응?"

"실수로, 이사나의 가슴을 만진 적이 있는데— 그럴 경우에는 네 가슴도 만져야만 하는 거야?"

"그건…… 뭐, 그런, 걸로……."

점점 목소리가 작아지던 나는 어? 하며 고개를 갸웃거렸다.

"왠지…… 그러면, 너만 득 보는 것 아냐……?"

"맞아. 나도 그렇게 생각해."
"역시 안 돼! 없던 일로 해!"
"만약에 만약을 더한 이야기잖아. 발끈하지 마."
미즈토는 테이블에 턱을 괐다.
"……만약 그렇게 된다면, 돈과 시간으로 성의를 표하겠어. 그러면 타당하지?"
"……미리 답을 생각해뒀으면, 처음부터 말하란 말이야……."
돈과, 시간.
돈은 제쳐두고…… 시간은, 좀 기쁘다.
히가시라 양에게 할애한 것과 같은 시간, 혹은 그 이상으로…… 나와 함께, 시간을 보내주겠다는 말인 것이다.
……어디까지나 만약의 이야기지만 말이다.
"미래는, 불확실해."
미즈토는 마시다 만 차를 쳐다봤다.
"좋든 싫든, 만약에 만약을 거듭한 억측이 돼. 그래도…… 나에게는, 이미 확정된 게 있어."
나는, 그런 미즈토의 눈동자를 응시했다.
"다음으로, 그런 이야기를 하자. 만약이 아닌— 현실의, 인생에 관한 이야기를 말이야."

"이사나의 그림을, 봤다면서?"

나는 의미 없이 컵의 표면을 쳐다보며, 정면에 있는 유메에게 말했다.

"그럼, 알겠네? 내가— 뭘, 목표로 하고 있는지를 말이야."

"……우선, 사과부터 할게."

유메는 자신 없는 눈길로 테이블 한가운데를 쳐다보며 말했다.

"나…… 너와 아빠의 이야기를, 들었어. 그래서…… 네가 뭘 불안해하는 건지도, 알아."

"……그랬구나."

왠지 그럴지도 모른다는 느낌이 들었다.

그렇지 않다면, 그렇게 궁지에 몰린 것처럼 나에게 애정 공세를 펼칠 리가 없다.

"나, 처음에는 인정하고 싶지 않았던 것 같아……. 네가 무언가에 열중하게 됐더라도, 그 무언가에 지는 게 싫었어."

"……."

"하지만…… 결국, 마음이 바뀌지 않더라도…… 나는, 알아야만 했어. 네가 자기 자리에 앉히려 하는, 나도, 히가시라 양도 아닌『무언가』를 말이야."

누군가, 가 아니라 무언가.

그래. —나는 그때 이사나에게 말한 자리에 『이것』을 앉히려고 한 것인가.

이사나 본인이 아니라 그녀의 재능을, 그 성장 과정을…….

그— 이야기를 말이다.

"실제로 보고, 생각했어. 아아, 이것에는 이길 수 없어. —이것에 이길 수 있을 리가 없잖아, 싶더라니깐."

하지만, 하고 유메는 반박했다.

"가치가 없는 건 아냐. 이런 재능에 이길 수 없을지라도, 가치가 없지는 않아. 왜냐하면— 너는, 나를, 제대로 생각해줬는걸."

그렇게 말한 유메는 미소 지었다.

기쁨도, 체념도, 안도도 아닌, 그것은—.

"그래서 나는, 너를 믿을 수 있어."

—신뢰의 미소.

"미숙하고, 불안해하며, 의심만 많던 나는 이제 없어. 나는, 쭉— 너를, 믿을 수 있어. ……그럴 수 있다고, 생각해."

마지막에 덧붙인 괜한 말 때문에, 나는 「훗」 하고 작게 웃었다.

"그렇게 자신 없어도 괜찮겠어? 미래의 학생회장."

"뭐? 하, 학생회장— 내가 왜?"

"왜냐니, 쿠레나이 선배는 그럴 작정이잖아. ……얼마 전에 잠시 이야기를 나눴는데, 학생회에서의 네 모습을 이야기해주더라고."

"뭐……."

유메는『큰일 났다』하고 말하는 듯한 표정을 지었다.

여자애의 사랑 이야기는, 확실히 판도라의 상자 같은걸.

"그렇게 자세히 들은 건 아니니까, 너무 걱정하지 마. …… 선배는 너를, 이렇게 평가했어.『진심에서 우러난, 진짜 상냥함을 지닌 애』라고— 마치, 부러워하는 것처럼 말이야."

"……부러워해? ……회장님이, 나를……?"

굳이 따지자면 나는 그 선배와 비슷한 타입의 인간이기에, 알 수 있다.

타인을 진심으로 배려할 수 있다는 건, 일종의 특수한 재능이다. 특히 우리처럼 본능적으로 타인에게 흥미를 지니지 못하는 에고이스트에게는, 눈부셔 보일 정도다.

"네가 자기를 어떻게 평가하는지는 모르지만, 그 재능 덩어리 같은 선배에게 인정받으며 스카우트된 거잖아. 그 사실을 고려하며, 자기 그릇을 다시 재보는 편이 좋을 거야."

"아, 아니, 그래도……! 나한테는 히가시라 양 같은 재능이 없고, 회장님처럼 머리가 좋지도 않은데……!"

"그 두 사람에게는 없는 걸, 네가 가지고 있단 말이야."

나는 손으로 등 뒤를 짚으면서, 편안한 자세를 취했다.

그러자 문뜩, 처음으로 유메와 접점을 가지게 된 날— 수련회에서의 밤이 생각났다.

"너라면, 알 수 있잖아? 다른 인간이 당연한 듯이 할 수 있는 걸 못 할 때의, 고통 말이야."

카레 재료를 받아 간다. 겨우 그것조차 못 했던, 너라면 말이다.

"너는, 그것을 극복했어. 못 할 때의 고통을 알면서, 그걸 할 수 있게 된 거야. 그렇다면, 처음부터 뭐든 당연한 듯이 할 수 있는 애의 상위호환이라고 할 수 있지 않아?"

"어? 어……? —하아, 정말! 궤변으로 둘러대지 마!"

"그럴 생각은 없는데 말이야."

상위호환은 좀 과했을지도 모르지만 말이다.

"나는 너를 부럽다고 생각하지 않아. 쿠레나이 선배도 너처럼 되고 싶은 건 아닐 거야. 그래도, 네 삶의 방식이 아무나 할 수 있는 게 아니라고 생각해. 즉, 한마디로 말해—."

그래, 그런 건가.

"—존경, 하는 거야."

지금, 드디어 알았다.

비익조가 짝을 이뤄서 날기 위한, 가장 큰 조건을 말이다.

사랑에 눈이 멀지 않더라도.

영원한 사랑을 얻지 못하더라도.

존경하기만 한다면— 상대를 업신여기지 않는다.

……뭐야. 간단하잖아.

수많은 어른이 당연한 듯이 말하는, 지극히 당연한 이야기다.

이것이 그 무엇보다 견고한, 신뢰의 근거인 것이다.

……나는 눈이 삐었어.

생각해보니, 카와나미도 같은 말을 했다.

답은 처음부터, 내 안에 있었다.

이래서야 비익조가 아니라, 행복을 전하는 파랑새다—.

"존경……."

유메는 곱씹듯이 중얼거렸다.

"나도…… 존경해. 너를……."

"그거 고맙네."

"히가시라 양도…… 엄청, 존경해……."

"그렇다면?"

"그래."

쭉 풀리지 않았던 퍼즐이, 맞춰진 것처럼…….

유메는 환한 표정을 지었다. 그리고…….

"그래……."

진심으로 안도한 것처럼, 표정을 풀었다.

이렇게, 답은 나왔다.

지금 이 시점에서의 답이다.

우리는 분명 평생, 지금처럼 생각하며 답을 갱신해 나가리라.

"유메."

"왜?"

"나는, 교토 대학에 진학할 거야."

"뭐?"

"케이코인 씨에게 물어보니, 최대한 수준이 높은 학교로 진학하는 편이 좋을 거래. 그편이 다양한 재능을 지닌 사람과 만날 수 있다고— 내가 하고 싶은 일에, 가장 다가갈 수 있을 거라네."

"그렇구나……. 그럼, 나는—."

"나를 따라올 거야?"

"아냐. 학생회장이 된 후에 생각해볼까……? 그때는 지금과 다른 관점을 지녔을 거잖아."

"세게 나오는걸. ……그래도, 그편이 좋을 거라고 생각해."

우리는 각자, 자신의 길을 나아갈 것이다.

각자가 자신의 날개를 펄럭이며, 인생이란 이름의 하늘을 나아간다.

그저— 혼자일 때보다, 두 명일 때가 효율적이다.

그뿐인 이야기다.

그저, 그뿐인 이야기에 지나지 않는다.

"그럼, 받아."

"뭐?"

내가 갑자기 호주머니에서 선물 상자를 꺼내자, 유메는 그것을 보고 눈을 동그랗게 떴다.

"그건, 내가…… 어? 하지만 색깔이……."

"이건 내가 어제 산 거야."

"어제?"

나는 그것을 유메 앞에 뒀다.

유메는 그 상자를 살며시 만져보더니…….

"혹시, 이건……."

……하고 중얼거렸다.

그리고 낯빛을 살피듯 나를 쳐다보더니, 용기를 내서 말했다.

"……열어봐도, 돼?"

"당연하잖아?"

이제 와서 내용물이 뭔지 설명할 필요가 있을까.

반지일 게 뻔하잖아. ―날개 모양 장식이 달린 반지 말이야.

"우와, 앗……! 이, 이건……!"

"의외로 비싸더라. 이사나한테 책을 사주느라 돈이 탈탈 털렸거든. 그래서 연줄로 아르바이트를 구해야 했어."

유메는 선물 상자에 들어 있는 반지를 보면서, 어깨를 부들부들 떨었다.

턱을 괸 채 히죽거리던 나는 크리스마스이브 때의 앙갚음 삼아 이렇게 말했다.

"끼워줄까?"

"뭐?!"

유메는 튕기듯 고개를 들더니, 기대에 찬 눈동자로 나를 응시했다.

하지만…….

"……아직은, 됐어."

그 목소리에는 각오가 어려 있었다.

"언젠가…… 부모님에게 이야기한 후에 낄래."

"……그래."

그렇다면, 내 반지도 지금은 책상 안에 넣어두자.

언젠가 당당히 반지를 낄 수 있게 되는, 그날까지…….

"—하지만……."

"응?"

간절한 눈동자가, 나를 꿰뚫었다.

"제대로 된, 말은…… 듣고 싶어."

……그래.

매듭을 짓는 건 중요하다.

이제까지의 우리에 마침표를 찍고, 앞으로의 우리를 시작하기 위해서…….

"유메—."

"—유메~! 미즈토 군~! 밥 먹자~!!"

"……."

"……."

느닷없이 복도에서 목소리가 들려오자, 우리는 서로의 얼굴을 쳐다봤다.

정말 타이밍이 나쁘다.

하지만, 그것도 어쩔 수 없나.

우리는 비익조이기 이전에, 남매인 것이다.

"가자."

"그래."

그리고 우리는, 거실로 이어지는 계단을 함께 내려갔다.

이리도 유메 ◆ 마음은 정해져 있다

연말 텔레비전 방송이, 다가오는 새해를 향해 도움닫기를 하기 시작했다.

저녁 식사와 목욕으로 시간을 어영부영 보내다 보니, 새해까지 30분을 남겨둔 시점이 됐다.

나는 소파에 앉아서, 멍하니 텔레비전을 보고 있었다. 코타츠에 들어가지 않은 건 잠들까 싶어서다. 낮잠을 자뒀으니 견디지 못할 정도로 졸리지는 않지만, 역시 밥을 먹고 목욕을 한 바람에 몸이 자동으로 수면을 취할 준비를 시작하고 말았다.

미즈토도 나와 마찬가지로 나와 같은 소파에 앉아 있었다.

한 사람이 앉을 공간을 비워두며, 팔걸이에 기대앉아 있었다.

텔레비전 앞에 놓인 코타츠에는 현재 엄마와 미네아키 아저씨가 들어가 있었다. 텔레비전에 나온 코미디언의 개그를 보며 웃고 있었다.

올해가 끝날 때까지, 이제 30분 남았다.

나는 약 한 달 전, 스스로에게 맹세했다. 올해 안에 미즈토에게 고백을 받지 못한다면, 내가 고백을 하기로 말이다.

그 맹세는, 아직 달성되지 않았다.

의견은 일치됐다고 생각한다.

마음은 통했다고 생각한다.

하지만, 말이라는 형태로 주고받지는 않았다.

우리는 배웠다. 말없이 서로의 마음을 헤아리는 데는 한계가 있다는 것을 말이다. 그러니 말이 필요했다. 이제부터의 우리를 결정지을, 명확한 내일로 이어지는 말이 필요했다.

그것을 듣지 못해 어중간한 가운데, 새해가 시시각각 다가오고 있었다.

이리도 미즈토 ◆ 할 말은 정해져 있다

나는, 아야이 유메에게 러브레터를 받았을 때를 떠올리고 있었다.

평생을 통틀어, 그렇게 읽으면서 긴장한 문장은 없다. 하지만 그 문장을 쓴 아야이는 더 긴장했을 것이다. 온몸이 딱딱하게 굳은 채로 금방이라도 숨을 거둘 듯한 안색이었던 것을, 지금도 선명하게 떠올릴 수 있다.

지금 내가 느끼는 긴장은, 아마 그것과는 조금 다르리라.

그때 아야이가 느낀 긴장은, 분명 불안에서 비롯됐으리라. 하지만 지금, 내 두 어깨를 누르는 긴장은 책임감에서 비롯된 것이다.

이제부터 나는, 평생을 결정지을 선택을 한다.

나만이 아니다. 유메의, 아버지의, 유니 씨의— 세 인간의 인생을 바꿀지도 모르는, 결단을 할 것이다.

그 무게가, 시곗바늘이 움직일수록 점점 커져 가고 있었다…….

제야의 종이, 먼 곳에서 희미하게 들려왔다.

108회째의 종이 쳐진 순간, 나는 번뇌에서 해방됐을까.

미혹에서 벗어나, 도리를 깨닫는 것.

바보 같은 상상이었다. 108개가 사라지면, 109개째가 나타날 뿐이다.

—각오는 됐나?

자기 자신에게 물었다.

그것을 어리석은 질문이라 일축했다.

답이 명확해서가 아니다.

이제부터 내가 입에 담으려는 말이, 그 답이기 때문이다.

이리도 유메 ◆ 나는 호흡을 가다듬었다

『여러분! 새해까지 이제 1분 남았어요!』

이리도 미즈토 ◆ 나는 자세를 바로 했다

『이제 10초!』

『—9!』

나는 유메의 한쪽 손에 손을 포갰다.

『—8!』

부모님은 텔레비전을 보고 있다.

『—7! —6!』

유메의 귓가로 입을 가져갔다.

『—5! —4!』

"—좋아해."

『—3!』

유메의 손이 흠칫했다.

『—2!』

부모님은 텔레비전을 보고 있다.

『—1!』

유메의 머리가 움직였다.

『—새해 복 많이 받으세요~!』

나는 코앞에 있는 미즈토의 얼굴을 응시했다.

"—새해 복 많이 받아~!"

엄마가 미네아키 아저씨에게 그렇게 말했다.

"—우왓! 스마트폰에서 알림음이……!"

미즈토의 귓가로 입을 가져갔다.

"—나도 좋아해."

그리고 재빨리 고개를 뺐다.

“유메! 미즈토 군! 새해 복 많이 받으렴~!”

엄마가 뒤를 돌아보았다.

“새해 복 많이 받아, 엄마.”

스마트폰이 쉴 새 없이 울리고 있었다.

“새해 복 많이 받으세요, 유니 씨.”

나와 미즈토는, 슬며시 손을 뗐다.

“아, 맞다. 새해맞이 국수는 새해가 된 후에 먹어도 되지~?”

“괜찮지 않을까? 모처럼 준비했으니 말이야.”

엄마는 코타츠에서 빠져나오더니, 서둘러 부엌으로 뛰어갔다.

텔레비전에서는 새해를 축하하면서 다음 코너로 넘어가고 있었다.

나는 울리고 있는 스마트폰의 화면을 내려다보며 미소 지

었다.

이렇게, 새로운 한 해가 시작됐다.

이렇게, 새로운 우리가 시작됐다.

―어때, 아야이 유메.

이걸로, 내가 이겼어.

종장 프러포즈론 부족해

이리도 미즈토 ◆ 집 밖

“그럼, 다녀오겠습니다~.”

“다녀오렴~. 미즈토 군도 조심해~.”

나와 유메는 현관을 통해 한밤중의 세계로 함께 나갔다.

눈은 내리지 않지만, 입김은 새하얬다. 코트 호주머니에 손을 집어넣은 후, 별들이 반짝이고 있는 밤하늘을 올려다보았다.

“……후훗.”

내가 한 걸음 내디뎠을 때, 유메가 통통 튀는 듯한 발걸음으로 내 옆에 섰다.

“부모님, 눈치 못 챘나 봐.”

그리고 장난에 성공한 어린애 같은 표정으로, 내 얼굴을 들여다봤다.

나는 빈정거리듯 입술을 일그러뜨리며 말했다.

“눈치챘다면 난리가 났을 거라고.”

“깜짝 놀랐다니깐. 너도 그런 모험을 할 때가 있구나.”

"누구한테나 용사를 동경하는 시기가 있어."

"그렇다고 물탱크 안에서 헤엄치진 마."

"그건 용사가 아니라 멍청이야."

우리는 웃음을 흘리면서, 겨울 하늘 아래를 걸었다.

조금만 더 걸어가면 넓은 도로가 있으며, 한밤중인데도 불구하고 수많은 인파가 우리를 맞이해주리라. 하지만 그곳에 도착할 때까지, 이 세상은 나와 유메가 둘이서 독점할 것이다.

"한동안은 비밀로 하는 거지?"

"응. 이제 와서 머뭇거리는 건 아니지만……."

"아니지만?"

"비밀로 해두는 것도, 좀 재미있을 것 같거든."

유메가 어깨를 살짝 으쓱하자, 나는 작게 한숨을 내쉬었다.

"간이 커졌네. 학생회장에게 영향을 받은 거야?"

"글쎄. 의외로 회장님도 겁쟁이 같은 구석이 있거든."

"그 사람이 말이야?"

"의외지?"

"상상이 안 되는걸……."

지금의 내가 이런 말을 하는 것도 좀 그렇지만, 여자란 존재는 알다가도 모르겠다.

"뭐, 아무튼, 그게 언제가 될지는 모르겠지만…… 한동안은 가족으로 지내는 거구나."

"그래?"

유메는 고개를 살짝 갸웃거리더니, 가벼운 발걸음으로 내 앞에 나서면서 내 얼굴을 올려다봤다.

"집 밖에서도…… 가족, 인 거야?"

주위에, 인기척은 없다.

새해의 불빛이 자아내는 건, 나와 유메, 우리 둘의 그림자뿐이다.

지금 이 세상에, 우리를 가족이라 여기는 사람은 한 명도 없다.

"……역시 너는 머릿속이 핑크빛이야."

"피차일반 아냐?"

나는 두꺼운 코트 위로, 유메의 허리를 끌어안았다.

유메는 턱을 살짝 들더니, 나에게 맡긴다는 듯이 눈을 감았다.

처음인데도, 반갑다.

우리는 예전에, 수도 없이 이랬고…….

그리고 앞으로도, 수도 없이 이럴 것이다.

나는 천천히, 유메와 입술을 포갰다.

부드러운 감촉을 아쉬워하듯 천천히 입술을 뗀 후, 서로의 하얀 입김이 닿는 거리에서 서로의 눈동자를 응시했다.

"중학생 때 능숙해져서 참 다행이지 않아?"

눈만 웃고 있는 유메에게, 나는 말했다.

"너를 단련시켜준 사람이 누구인지 잊은 거야? 이 서툴렀던 아가씨야."

"누구였더라? 까먹은 것 같아."

"생각나게 해줄까?"

"한 번 만에 생각나려나?"

나는 또 한 번, 유메와 입술을 포갰다.

이번에는 아까보다 세게, 유메의 몸을 끌어안으면서 말이다.

생각이 안 난다면, 몇 번이든 되풀이할 뿐이다.

몇 번이든, 몇 번이든, 오랜 시간을 들여서…….

그 시간이, 우리의 관계를 결정지어줄 것이다.

평범한 가족도, 평범한 커플도, 그리고 평범한 부부도 아니다.

말은 필요하다. 하지만 부족하다.

우리가 우리이기 위한 각오를 증명하기 위해선, 말 한마디로는 부족하다.

—프러포즈론 부족해.

이제부터의 시간으로 증명해 나갈 것이다.

우리의 인생이, 그 답이 될 것이다.

"—부모님에게는 비밀로 하더라도, 다른 사람에게는 어쩔 거야?"

"다른 사람이라니?"

"아카츠키 양이라든가, 카와나미라든가…… 우리를 응원해준 사람들 말이야."

"카와나미에게 말하는 건 귀찮은걸……. 미나미 양에게 말하면, 자동으로 전해지겠지만 말이야."

"……히가시라 양은? 내가 말할까?"

"아냐……."

나는 장갑을 벗은 후, 호주머니에서 스마트폰을 꺼냈다.

그리고, 이사나와의 개인 채팅방에 들어갔다.

"내가 전할게. ……그 정도의 주변머리는 있어."

문장을 생각해봤지만, 그다지 의미는 없을 것 같았다.

나는 단순한 문장을, 스마트폰에 입력했다.

〈새해 복 많이 받아〉

히가시라 이사나 ◆ 창작

〈그리고, 유메와 사귀기로 했어〉

새해가 되자마자 받은 그 메시지를 본 순간, 제 가슴속에서는 저 자신도 경악해 마지않을 사태가 벌어졌어요.

"아—."

의미 없는, 허무 그 자체의 목소리를 토한 저는 침대에 벌러덩 쓰러졌어요.

머릿속이 얼어붙는 느낌이 들었어요.

지금은 그저, 천장을 올려다보고 싶다. 그런 저를 발견했어요.

이건…… 정말, 정말, 놀라운 일이에요.

저— 놀랍게도, 충격을 받았어요.

"……."

놀랐어요. 정말 놀랐어요.

그리고 그 이상으로, 실망했어요.

아무래도 저는, 미즈토 씨에게 찬스가 있다고 생각했나 봐요.

그렇게 유메 양을 응원했으면서 말이에요! 여자는 참 무서운 생물이에요. 겉으로는 상냥하게 굴면서도, 호시탐탐 덮칠 기회를 노리고 있었어요!

……생각해보니, 유메 양도 예전에 저를 상대로 같은 짓을 한 것 같은 느낌이 들어요. 아무튼, 여자는 참 무시무시한 생물이에요.

"……."

으음, 아니에요.

아마, 딱히 사귈 수 있다고 여긴 건 아니라고 봐요.

이건 뭐랄까, 최애 아이돌에게 남친이 생긴 것 같은…….

행복을 진심으로 빌어주면서도, 한편으로 제 가슴을 찌르는 이건 대체 뭘까요……? 같은…….

가슴속에서 소용돌이치는 이 복잡하고 기묘한 감정을, 저는 제대로 설명할 수가 없어요.

그 어떤 말로도, 전부 담아내지 못하며 흘리고 말 것이다. 그런 확신만이, ―제 안에 명백하게 존재해요.

그리고, 어느새…….

저는, 책상 앞에 앉았어요.

펜을 쥐는 것도, 일러스트 애플리케이션을 켜는 것도, 마치 자명종 시계를 끌 때처럼 무의식적으로 했어요.

캠퍼스는 백지인데, ……신기하게도, 눈앞에 그림이 존재해요.

이제 그 그림을, 펜으로 덧그리기만 하면 돼요.

그래야만 한다고, 제 혼이 말하고 있어요.

이리도 미즈토 ◆ 그 어떤 말보다 웅장하게

다음 날.

내가 관리하는 이사나의 트위터 계정에, 처음 보는 일러스트가 올라왔다.

그 일러스트를 본 순간을, 나는 평생 기억할 것이다.

가장 먼저 눈이 간 것은 여름을 연상케 하는, 빠져들 듯이 푸른 하늘이었다. 그것을 베듯이, 한 줄기 비행기구름이 하늘을 가르고 있었다.

그리고 그 비행기구름을, 제방에 앉은 세일러복 차림의 소녀가 올려다보고 있었다.

로퍼를 벗은 발을 흔들고, 입가에 옅은 미소를 머금으며— 빨간색 스카프를 분한 듯이 꼭 움켜쥔 채…….

그 투고 글에는 한 줄의 설명문이 첨부되어 있었다.

한 줄에 지나지 않는 그 문장이, 모든 것을 이야기해주고 있었다.

『행복해지길 빌게.』

"……그래."

나는 스마트폰을 쳐다보며, 겨우겨우 그렇게 답했다.

나는 틀리지 않았다.

너도 틀리지 않았다.

나와 너는, 연인 사이는 되지 않았지만.

분명— 세상을 바꾸는 무언가가, 될 수 있을 것이다.

그 일러스트는 이사나의 작품 중에서 처음으로, 네 자릿

수에 달하는 리트윗을 기록했다.

고마워.

그리고 잘 부탁해.

새로운 나날은, 이제 막 시작됐을 뿐이다.

■작가 후기— 러브 코미디 이벤트 호라이즌

아직 최종권이 아닙니다.

여기까지의 새 엄마 딸 전 여친은 매번 계획 없이 써왔습니다만, 이번에는 다음 장면은 고사하고 두세 줄 이후의 전개조차 모른다고 하는 오리무중 상태에서 썼습니다. 그런 만큼(본편의 스포일러 주의), 미즈토가 『존경』이라는 단어에 도달했을 때는 무릎을 탁 치며 안도했습니다.

어떤 방법으로 미즈토와 유메가 미래를 약속하게 만들어야 한다는 건, 서적판을 내기 시작한 초기부터 쭉 생각해왔습니다.

그도 그럴 것이 헤어지면서 작품이 시작됐으니, 『연인은 언젠가 헤어질지도 모른다』는 사실을 무시하며 이야기를 끝마칠 수는 없습니다. 미즈토와 유메가 다시 사귀게 되면서 해피 엔딩, 같은 식으로 간단히 끝낼 수 없다는 건 자명한 이치였죠.

요즘 들어 일대일 러브 코미디 만화가 4~5권 정도에서 끝나고 있습니다만, 제가 보기에 대부분의 작품은 주인공과 히로인이 사귀기 시작하면 그 후의 에피소드를 한 권 분량 정도 다루고 끝납니다. 매상 관련 문제도 있을 테고, 연인이 된 후의 『영원을 맹세하는 방법』까지 다루지 않는다면 더는 그릴 게 없을 테죠.

러브 코미디란 장르에 있어 사상(事象)의 지평선— 이벤트 호라이즌입니다.

이번 권에서 미즈토와 유메는, 적어도 두 사람 사이에서는 통용되는 방법을 찾아냈습니다. 하지만 미즈토가 말했다시피, 이제부터 두 사람이 걸어갈 어마어마한 『영원』은 쉴 새 없이 변화하며, 그 변화를 견뎌낼 수 있을 정도의 강도를 그 『존경』이 지녔는지는 해보지 않으면 알 수 없습니다.

그러니, 일단 해보도록 하겠습니다.

이벤트 호라이즌의 저편에서— 다음 권에서 알 수 있을지는 모르겠지만 말이죠.

재촉하지 않더라도, 『그 순간』은 언젠가 찾아올 겁니다. 그 때까지, 이제 막 사귀기 시작한 커플을 보듬어줄까 합니다.

저, 카미시로 쿄스케의 『새 엄마가 데려온 딸이 전 여친이었다 9 프러포즈론 부족해』를 전해드렸습니다. 참고로, 새해를 맞이하고 한 달간 진짜로 그림을 그렸습니다.

■역자 후기

안녕하십니까. 근로청년 번역가 이승원입니다.

『새 엄마가 데려온 딸이 전 여친이었다』 9권을 구매해주셔서 진심으로 감사드립니다.

독자 여러분, 늦었지만 새해 복 많이 받으십시오!

여러분은 새해를 어찌 보내고 계신지요.

저는 1월 1일부터 응급실에서 보냈습니다.^^

어머니께서 아침에 해돋이를 잘 보고 오셨는데, 점심때부터 몸이 안 좋으시더군요. 그리고 저녁에는 심각해지셔서, 바로 응급실로 옮겼습니다.

공휴일이라 환자가 많아 두 시간 넘게 기다린 후에 검사를 받아보니 A형 독감……. 독감 예방 주사를 맞았는데도, 독감에 걸리신 겁니다. 그래도 예방 접종 덕분에 빨리 회복되셔서 하루만 입원하고 퇴원하셨습니다.^^

올해는 정말 파란만장하게 시작했네요, AHAHA.

독자 여러분께서는 건강하고 즐거운 한 해를 보내고 계시길 빕니다!

그럼 『새 엄마가 데려온 딸이 전 여친이었다』 9권에 관해 이야기를 좀 해볼까 합니다.

스포일러가 포함되어 있을 수도 있으니 본편을 안 읽으신 분은 유의해주시길!

『새 엄마가 데려온 딸이 전 여친이었다』 9권은 미즈토와 유메가 서로를 향해 다가서는 내용이었습니다.

두 사람의 이별로 시작된 이야기는 의붓남매로서 재회한 두 사람과 주변 인물을 다루며 진행됐습니다.

그리고 그 과정에서 몸도 마음도 성장한 두 사람은 이번 9권에서 서로를 향한 자신의 마음과 진지하게 마주합니다.

단순히 사랑해서 맺어지기에는 너무 많은 것을 짊어지고 만 미즈토와 유메. 두 사람은 앞날을 걱정하며 머뭇거리기도, 걱정 따윈 내팽개치고 욕망에 따라 사랑을 갈구하기도 하며 함께할 수 있는 길을 모색합니다.

과거의 이별이 있기에, 지금은 남매이기에, 연인으로 되돌아가지 못하는 두 사람. 하지만 주위에는 그런 둘에게 조언해주거나 나아갈 방향을 제시해주는 이들이 있었습니다. 그런 이들의 도움을 받은 끝에, 두 사람은 자기만의 방식으로 결론을 내립니다.

이번 권에서는 러브 코미디 장르물의 해피 엔딩 대단원 이후에 펼쳐질 미래에 대해 다루고 있습니다. 매우 현실적인 그 부분은 수많은 작품을 번역해온 저조차 참 신선하게 느꼈습니다.

독자 여러분께서도 재미있게 읽으셨기를 진심으로 빕니다!

그럼 이만 줄이겠습니다.

항상 좋은 작품을 맡겨주시는 L노벨 편집부 여러분에게 진심으로 감사드립니다. 올해도 잘 부탁드립니다.

보일러 물 새서 홍수가 났는데, 바로 직원 보내서 해결해 준 보일러 설비 업체 사장 악우여. 정말 고맙다. 덕분에 영하 추위에 보일러 켤 수 있었어.ㅠㅜ

마지막으로 언제나 제게 버팀목이 되어주시는 어머니와 『새 엄마가 데려온 딸이 전 여친이었다』를 읽어주신 모든 분께 진심으로 감사드립니다.

비밀 교제 중인 의붓남매의 충격 두뇌 대결(^^)을 볼 수 있는 10권 역자 후기 코너에서 다시 뵙겠습니다!

2024년 1월 초

역자 이승원 올림

새 엄마가 데려온 딸이 전 여친이었다 9

초판 1쇄 발행 2024년 3월 10일

지은이_ Kyosuke Kamishiro
일러스트_ TakayaKi
옮긴이_ 이승원

발행인_ 최원영
편집장_ 김승신
편집진행_ 권세라 · 최혁수 · 김경민 · 최정민
커버디자인_ 양우연
관리 · 영업_ 김민원

펴낸곳_ (주)디앤씨미디어
등록_ 2002년 4월 25일 제20-260호
주소_ 서울시 구로구 디지털로 26길 111 JnK디지털타워 503호
전화_ 02-333-2513(대표)
팩시밀리_ 02-333-2514
이메일_ lnovellove@naver.com
L노벨 공식 카페_ http://cafe.naver.com/lnovel11

MAMAHAHA NO TSUREGO GA MOTOKANO DATTA Vol.9
PROPOSAL JA MONOTARINAI

ISBN 979-11-278-7472-8 04830
ISBN 979-11-278-6075-2 (세트)

값 8,500원